JN026827

内田かずひろ

ロダンのココロ
国語辞典

と、言葉をめぐる僕の視点

大和書房

はじめに

はじめまして。

僕は、この本を書いた内田かずひろさん、ではなく、内田さんにお願いをして本を書いてもらった担当編集者です。

編集者が「はじめに」を書くという出過ぎたマネをするのには理由があります。それは、この本の著者である内田かずひろさんが、「自分で自分のことを説明するのが、偉そうで恥ずかしい」と言って、「僕」という一人称をもってこの本を紹介することを、頑として受け入れてくれないのです。

ちなみに、この本に収録されている話のいくつかは、ウェブ連載「とかくこの世は生きづらい　ロダンのココロ国語辞典」上で公開されたものですが、その連載の紹介文も、まったく同じ理由で主語が「僕」ではなく、「内田」になっていて、「で、この文は誰が書いたの？」というちょっと不思議な文章になっています。

一つ断りを入れておくと、内田さんはとてもやさしく偉ぶらず、物腰もやわらかな人で、決して気難しい方ではありません。

内田さんがどういう人かを一言で説明するのはちょっと難しいので、それを伝えるために、ここで一つ、僕が初めて内田さんとお会いしたときの話をします。

それは二〇二一年になったばかりのこと。名作『ロダンのココロ』はもちろん、内田さんのエッセイも愛読していた僕は、内田さんがその頃、一時的にホームレスになっていた、というニュースを見て驚きました。

僕は、それからしばらくして、「ぜひご自身が体験したことや、六十歳を目前にして今ご自身が感じていることをまとめたエッセイを書いてほしい」と内田さんにメールを送りました。

すると、すぐに内田さんから電話をいただいたのですが、お話を聞いても、書く気があるのかないのか、よく分かりませんでした。「ひとまず、お会いできませんか？」と言ってみたものの、それについても、いいとも嫌だともとれない返答です。

書籍編集という仕事をしていると、書き手の方が本を書くことに前向きなのか、それとも本当は嫌がっているのか、ということはなんとなく感じとれるようになるものです。ですが、内田さんの場合は本当にわからないまま、結局、実際にお会いする約束をとりつけられたのは、それから半年以上が過ぎた、秋も深い頃だったと思います。

内田さんはいま、新宿でアルバイトをしていて、その日も夕方にその仕事が終わってから、新宿駅の近くのファミレスか何かで打ち合わせをしようという話になりました。

僕は約束の午後五時半には新宿について、仕事場から近いと聞いていた西新宿駅付近で連絡を待ちました。

約束の時間から程なくして、内田さんは、「いま仕事が終わりました」と電話をくれました。どの辺りに行けばよいかと僕が聞くと、「ここからビルと交差点が見える」とか、「線路から一つ道を挟んだ大通り」のような、極めて位置を特定しづらい説明ばかりで、僕が「ここらへんかな」と見当をつけて移動してみては電話をするも全然違った、ということを何度も繰り返しました。

そうして、最初に電話をもらってから一時間がゆうに過ぎた頃、ようやく、内田さんの説明から、「あそこしかない！」と場所が特定できる瞬間が訪れました。「そこならわかります。今から伺いますので、少し待っていていただけますか」と電話を切ってから、小走りでそこへ向かいました。しかし、到着すると、そこに内田さんはいないのです。

さっきの説明だと絶対ここだと思ったんだけど、また違ったのか……。僕はがっくりと気落ちしながら、また内田さんに電話をかけました。そこで話して分かったのですが、「ここだ！」と思った僕の予想は間違いではなく、確かに僕が今いる所のことを指していたものの、僕が駆けつける前に、内田さんも僕を探して移動してしまったとのこと。

内田さんの話しぶりから、僕をからかって逃げ回っているわけでは絶対ないことはわかるのです。内田さんも、僕に必死に会おうとしてくれているのがわかる。だからなおのこと、僕はもう、途方に暮れてしまいました。

ただ人と待ち合わせをすることが、こんなに難しいなんて……。

一方で、僕はそのとき、こんなことも考えていました。

おそらく、内田さん自身は、一時間半かけても待ち合わせた人に会えないハードモードの日常を、毎日生きている。「生きづらさ」なんて言葉が社会に広がるずっと前から、めちゃくちゃに生きづらい人生を、きっとこの人は生き続けてきている。

徒労感を感じながらも、僕はますます内田さんに、何かを書いてほしいという思いを強くしていました。

「それでは、僕はこのままここにいるので、内田さん、すみませんがさっきの場所に戻ってきていただけますか」

僕はそう言いましたが、やはり内田さんは戻ってきません。

そしてその後、何度かまたやりとりを繰り返すうちに、もう一度、内田さんの説明から「ここしかない！」と場所が特定できたのです。

僕は語気を強めて言いました。

「今から僕がそこへ向かいますので、絶対にそこから動かずに待っていてくださ い！」

初対面の（正確にはまだ会ってもいない）人に、「絶対に○○してください！」など強く指示を出したのは、それまで生きていておそらく初めてでした。

電話を切るなり、僕は猛ダッシュで現場へ駆けつけます。

果たして、その向かった先で、僕は内田さんと出会うことができました。僕がその場所に到着すると同時に、トレードマークのキャスケットと眼鏡を身につけた内田さんが、キョロキョロ首を振りながら反対側から歩いてやってきたのです。

本当に、たまたま向こうから歩いてきて、たまたまそこで出くわしたかのように。

釈然としませんでしたが、とにかく、ようやく僕は内田さんと出会うことができたのです。

それから先もこんな調子で、僕が初めて内田さんに声をかけてから、本が出るまでに気づけば三年が経ってしまいました。

イチ担当編集者がこんなことを言うのはおこがましいかぎりなのですが（でも、本人が言ってくれないので）、人間なら誰しも持っているダメさや生きづらさのようなものを、全部集めて、煮詰めて、一身に背負って毎日ハードモードで生きているのが、この本を書いた内田かずひろという人です。

みなさんもきっと、内田さんのつづる不思議な生き方や考え方に、くすりと笑いながらも、どこか自分の人生を重ねずにはいられないはずです。

『ロダンのココロ国語辞典　と、言葉をめぐる僕の視点』は、もうすぐ六十歳を迎える内田さんの飾らない等身大の姿に、そして何年経っても変わらないロダンの健気さに、ほっこりとしたエールをもらえる本になりました。

ロダンのココロ国語辞典

と、言葉をめぐる僕の視点

目次

第一章 あいうえお・かきくけこ ——あいさつに宿る言霊

「あ」行

ありがとう【有難う】 …20 …30
侮りがたし、女子高生の言語感覚

いってきます【行ってきます】 …21 …33
人を大事にできる人は、自分を大事にしてる人

うめる【埋める】 …22 …35
目をそらして済むこと、済まないこと

えがお【笑顔】 …23 …37
彼女は、あえて笑わなかったのだ

おかえり【お帰り】 …24 …39
出かけた人が本当に帰ってくるのか、という不安

「か」行

かえる【帰る】
「帰る場所がない」ことの精神的苦痛 …… 25 …… 40

きたい【期待】
ずっと自分に裏切られてきた …… 26 …… 42

くも【雲】
本当のその人に会うことは、実はとても難しい …… 27 …… 44

けんか【喧嘩】
珈琲をたれるお店 …… 28 …… 47

こころ【心】
もう僕の心は鳴らないのだろうかと思うときがある …… 29 …… 49

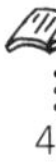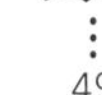

第二章　さしすせそ・たちつてと　――子どもの頃から変わらないもの

「さ」行

さく【咲く】……52……62
描かれていない気持ちが見えるマンガ

し【死】……53……65
僕が思い出せるなら、別れた人もそこにいる

すきま【隙間】……54……67
耳を折りたたむときの気持ちよさの正体

せいちょう【成長】……55……70
永遠の二十七歳を生きている

そらもよう【空模様】……56……72
「宇宙には果てがある派」の敗北

「た」行

たいふう【台風】
「ちゃんと兄ちゃんらしくしてよ！」 …57 …76

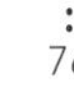

ちかみち【近道】
読みたい箇所が一ページしかなくても本を買った時代 …58 …78

つめ【爪】
発達障害と診断してもらえない …59 …80

でんしんばしら【電信柱】
あの時の電信柱の弟役は、脇役だったのかもしれない …60 …83

ともだち【友達】
中学一年生のクリスマス・イブに亡くなった友達 …61 …86

第三章 なにぬねの・はひふへほ ——この人生でよかったのかと思うとき

「な」行

ない【無い】 お金がない時に出る身体的症状 …… 92 …… 102

におい【匂い】 三日間でいいから犬になってみたい …… 93 …… 104

ぬま【沼】 底なし沼は地球の反対側までつながっているのか …… 94 …… 106

ねこ【猫】 「猫のマンガを描けばいいのに」 …… 95 …… 108

のき【軒】 運命を感じていたのは僕のほうだけだった …… 96 …… 110

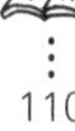

「は」行

はっぱ【葉っぱ】
銀杏の違いには、複雑な理由があるはずなのだ …… 97 …… 113

ひなたぼっこ【日向ぼっこ】
いったい人生何周目ですか？ …… 98 …… 116

ふんばる【踏ん張る】
パラレルワールドの自分が幸せなら、それでいい …… 99 …… 119

へいてん【閉店】
優柔不断は閉店するまで買うものを選べない …… 100 …… 122

ほん【本】
本を読むときに映像が浮かびますか？ …… 101 …… 124

第四章 まみむめも・やゆよ ——いろんなことに怖がっている

「ま」行

まつ【待つ】 128
僕らが思う以上に、犬は待っている 136

みられてる【見られてる】 129
「僕を見て笑ってましたよね?」 138

むし【虫】 130
まんが道の続きをまだ歩いている 141

めがね【眼鏡】 131
「似合うよ」と言わないで 145

もう 132
いつもみんな、僕だけを残して進んでいく 148

「や」行

やさしさ【優しさ】 133
小さな親切、大きなお世話 151

ゆき【雪】 134
しつけのための迷信に本気でおびえる 154

ようかい【妖怪】 135
妖怪は、この世に実在している 157

第五章 らりるれろ・わをん ——いつだって、言葉はおもしろい

「ら」行

らく【楽】 162
言葉の種はまいておいたほうがいい 170

りふじん【理不尽】 163
理不尽を教えてくれた駄菓子屋さん 172

るすばん【留守番】 ……164 ……175
留守番のときに本気で「番人」をしていた話

れいんこーと【レインコート】 ……165 ……178
「レイン！　オー、イエス！」

ろだん【ロダン】 ……166 ……181
常識の上にいてもいなくても、可笑しい

「わ」行

わすれる【忘れる】 ……167 ……183
網棚に原稿を置き忘れて降りたことが二回もある

をて【お手】 ……168 ……186
昔は金持ちでも、今が貧乏なら貧乏なのだ

ん〜？ ……169 ……189
サンデーモーニングが気になって仕方ない

第一章 あいうえお・かきくけこ

——あいさつに宿る言霊

ありがとう【有難う】

かんしゃの きもちを あらわす ことば
ロダン ごはんよ！
ハッ
かんじんなのは
カプ カプ
きもちを たいどで
あらわす こと
きゅうに どうしたの ロダン
ペロ ペロ

いってきます【行ってきます】

おもにでかけるときの
あいさつ

いって
きます！

パタン

クーン

さみしくはあるが…

ひきとめたい きもちを
グッとこらえて

いそ
いそ

みおくって
あげるのも あい

うめる【埋める】

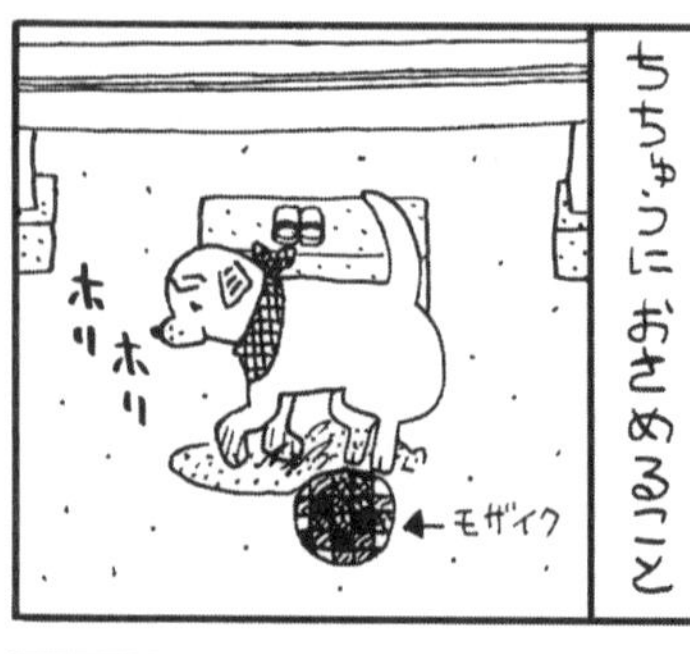

あなを ほって
ちちゅうに おさめること

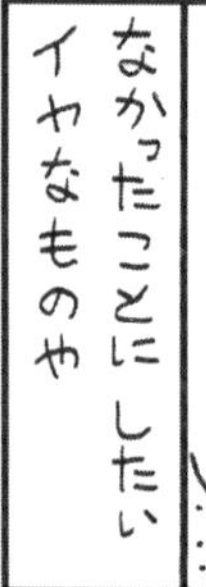

たいせつなものを
かくす さぎょう

だから うめたものは
そっとしておいて
ほしいもの

えがお【笑顔】

わらったかお
バイバイ
ロダン
クオ〜

かなしいのは
わかるけど
そんなかお
してたら
かえれない
でしょ ロダン

また
あそびに
くるけん！
くるけん！
みせる えがおは
おもいやり

おかえり【お帰り】

かえってきたあいてへのあいさつ
ただいまロダン！
ハッ
ブンブン
ぶじにきたくすることは…
シロただいま！
ブンブン
ハッ
あたりまえのようであるが
ブンブン
グルグルグルグル
きょうきらんぶするくらいとうといこと
ブンブン
ブンブン
フリフリフリ

か

かえる【帰る】

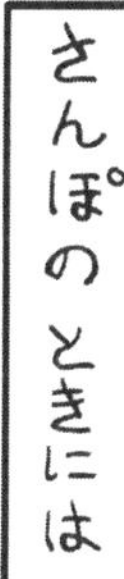

だけどかえる
ばしょがあるのは
きっとしあわせ

きたい【期待】

きぼうをもって
まつこと
おまたせ
ロダン

あっ！
そうだ…
ハウッ

おおきければ
おおきいほど…
ゴンゴン
おやつ
ブンブン

よしよし！
ちゃんと
かってた
ミョウが
フォ
うらぎられたと
かんじることも

くも【雲】

そらに うかぶ
しろい もの

あのくも
ラッコみたい

わらってる
かおに
みえる

かんじかたは それぞれで

つねに うつろいゆく
そのすがたは…

どこが
ラッコ?

あれが
アタマで…
あっ!かたちが
かわっちゃった

ロダンには
なんに
みえる?

なんてね…

まるで ココロの
ようである

フッ

けんか【喧嘩】

あらそうこと
ちょっとアナタ！これはなんですか!?
それは…
どんどんひろがりおおきくなるので
たまにはいいだろう
いつもそう！
きいて！
なになになになになに
それはおとうさんがわるいよ！
なんだ！ふたりして…
でしょ！
ハウッ
できるかぎりはやくおわらせたい
やめなされ
ずいっ

こころ【心】

きもちが
うまれるところ
ざんざん
ざんざん
さわれないけど
そんざいする
さんぽ
つねにうつろい
ゆくこころは…
あめ
あがった
わね!
そらのくもに
にている
おさんぽ
いこっか!
チュン
チュン
ハッ

ありがとう

侮りがたし、女子高生の言語感覚

二〇〇〇年前後に「ギャル語」というものが流行った。

ギャル語というのは主に女子高生のあいだで発生した言葉たちで、しかし一般的に広まるかというと、その多くは、言葉の言い方やイントネーションを考えると若い女性のあいだだけで使われるのが主だった。

そんなギャル語を代表する一つに「ありえな〜い！」という言葉があった。使い方は「嘘でしょう?」「冗談でしょう?」という、どちらかと言えばマイナスの驚きを表現するときに使われるのであるが、その逆に、喜びの驚きの場合にも使われることがあったのである。

例えば、欲しかったモノをプレゼントされたときこそ、最高の「ありえな〜い！」なのだ。

ちょうどその「ありえな〜い！」が流行していた頃、辞書で改めて「ありがとう」を調べたことがあったのだが、その語源に驚いた。「ありがとう」の語源は「有難い」。つまり「通常はめったにない（有難い）ことが起こった」とある。そのニュアンスこそまさしく「ありえな〜い！」ではないか！

それを知ったとき、「侮りがたし、ギャル語」と思ったと同時に、言霊、言葉の持つ力がギャルたちにそう言わせたのかも知れないと思った。

言霊と言えば、発音と意味が日本語と同じ外国語に出会ったときにその存在を感じることがあるが、言語の違いどころか、種族の違いを越えて感じることもあった。以前、犬の魂の叫びともいうべき声を聴いたことがある。

通りかかった住宅の玄関から家族三人が飛び出してきたかと思うと、すかさず扉を閉めた。すると、扉の向こう側から体当たりする音とともに、おそらくは大型犬の声が響いた。「オレモ　ツレテッテクレヨゥ〜！」と確かに僕に聞こえたその声は、自分を置いて出かける家族に訴えかける魂の叫びであった。
そういう魂から生まれた言葉も、言霊の一つではないだろうか。

しかし言葉というのは、同時に扱うのがとても難しい。言葉の選択によって、本来わかり合えるはずの二人の気持ちが、相違(あいたが)えることもある。また、人は感情的になって酷い言葉を言ってしまうこともあるが、一度口から出てしまった言葉は、謝って許してもらったとしても、溶けない雪のように相手の心に冷たく降り積もってしまう場合もあるということを忘れてはならないと思う。

いってきます

人を大事にできる人は、自分を大事にしてる人

一人暮らしをしている人で、家の中に他に誰もいなくても、出かけるときに「いってきます」と言う人がいる。

そういう人は「生活」を大切にしているように思う。生活を大切にしているということは、自分を大切にしているということだ。しかし生きていると、思い通りにならないことや上手くいかないことも多い。そんなことをきっかけに、人は自分を大切にできなくなることがある。

僕もそんなとき、自暴自棄になりセルフネグレクトに陥ってしまったことがあった。部屋をゴミ屋敷にしてしまったこともある。

セルフネグレクトというのは、生活環境が悪化しているのに改善しようという気

力を失い、周囲に助けを求めない状態を言うのであるが、僕の経験からすると「生活環境を改善する気持ちはあり、自分で何とかできると思っているのに、できない」というのが実感であった。

周囲に助けを求めないというのも、どう助けを求めたらいいのかわからないというのもあるし、また、迷惑をかけたくないという気持ちもある。

だが、助けを求めるのが遅れれば遅れるほど、周囲にかける迷惑も大きくなっていく。

自分を大切にできないときは、結局、他人をも大切にできなくなるのだ。

だから、自分を大切に生きてる人を僕は尊敬するし、そういう人に自分もなりたいと思う。

うめる

目をそらして済むこと、済まないこと

犬はうめる。大切なモノを隠すためにもうめるが、嫌なモノを隠すためにもうめる。見えなくして、まるでなかったことのようにする。

実際、目をそらし、その場をやり過ごすことで、穏便に済むこともたくさんある。毎朝満員電車で通勤しているが、スマホを操作してる人の多さに驚く。スマホの分だけスペースが必要になり、余計窮屈になる。一度、僕の背中をテーブル代わりにスマホを連打されたことがあった。振り返ると、自分よりも年上と見られるピシッとスーツを着こなしたエリートサラリーマンのような男性だったのでビックリした。僕と目が合うと、ちょっと驚いた様子は見せたが、謝ることもなく「何か問題でも？」という表情で、僕のほうが心が狭い人間のように感じられた。

こういうときは、目を瞑(つぶ)るに限る。そもそもあの狭い密閉空間に、価値観の違う人間がひしめき合っているのだ。誰かが傷つけられたりしない限り、たとえ常識であれ自分の価値観を通すのは無理がある。

もちろん目をそらさず、ちゃんと向き合わないといけない問題もたくさんある。その最も残念な例が、昔聞いた野生のテンの話だ。テンは天敵と出会うと前足で自分の目を覆うという。すると天敵は見えなくなり、テンは目の前の天敵を消すことに成功するのであるが、そのまま食べられてしまう悲しい結末を迎えるという話。

現在ネットで検索しても何のソースも出てこないから、まことしやかな嘘の可能性も高いが、イソップ童話的教訓を感じる。

見えないように隠しても、なかったことにはならないということだ。

えがお

彼女は、あえて笑わなかったのだ

笑うのは、昔は人間や類人猿だけと言われていたが、研究が進んだ現在は、犬、猫をはじめとする六十五種類の動物が笑うと認定されているらしい。楽しいときだけでなく、相手に敵意がないことを示すときにも笑うという。

だが人間の場合は、もっと複雑だ。笑顔で敵意がないと見せかけて、相手を騙そうとする場合もあるだろうし、楽しくも面白くもなく、むしろ苦痛を感じていても、愛想笑いをすることもある。

辛くても笑わねばならない場面で、どうか自分が上手く笑えていますようにと願ったこともあるし、ひきつった笑顔も見たことがある。

そしてまた、あえて見せない笑顔というのもある。つきあっていた彼女に別れを告げられたとき、帰り際に彼女は、いつもの笑顔を見せてはくれなかった。当たり前と言えば当たり前だけど、当たり前にも理由がある。

別れを告げられた側の僕は心も重く未練しかないのだけれど、別れを告げた彼女はきっと色々考えて出した結論なのだろうから「笑顔」を見せて僕に期待させないように、できれば未練を残さないように考えてのことだと思う。

マンガのほうでは「笑顔を見せる」思いやりを描いたが、「笑顔を見せない」思いやりもあるのだ。

おかえり

出かけた人が本当に帰ってくるのか、という不安

「いってきます」と出かけた家族は「ただいま」と帰ってくるものだと思っている。

そう思わなければ、出かけた家族が帰ってくるまで、ずっと心配し続けなくてはならず、何も手につかなくなるかも知れない。子どもの頃の僕がそうだった。母親が買い物に行くと、急に雨が降ってきやしないか、自転車で転んでやしないか、事故に遭ってやしないか心配で心配でならなかった。

僕には五つ下の弟がいるのだが、弟が小さい頃は母親が自転車の後ろに弟を乗せて買い物に行っていたので、弟のことも含め余計に心配だった。

だから無事に帰ってくるといつもホッとしたものだが、歳を重ねるごとにその気持ちを素直に表すのは恥ずかしくなって、無事に帰ってくることが当たり前かのよ

うに平然と振る舞っていた。

だから帰ってきた家族を狂喜乱舞するように迎える犬たちのその姿は、素直で愛おしい。無事に家族が帰ってくることは、当たり前ではなく尊いことを犬たちは知っているようだ。

そしてまた、そんなふうに「おかえり」と迎えてくれる家族がいるということも当たり前ではなく尊い。

かえる

「帰る場所がない」ことの精神的苦痛

ほんの短い間だったが、ホームレスになったことがある。そのとき感じた一番不安な気持ちは「帰る場所がない」ということだった。

帰る場所がない、というのはまるで、アイデンティティを失ったかのようで、大袈裟に感じるかも知れないが、自分自身を失ったような気持ちになった。ココにいるのにココにいない、とでもいうような精神状態だった。

「帰る場所」すなわち「自分の居場所」というのが、物理的にも精神的にもとても大切なものであることを改めて実感した。

だからホームレスの人たちの段ボールハウスも、ただの雨風をしのぐものではなく、アイデンティティそのものかも知れないと思うのだ。

僕がホームレスになったとき、一時、シェルターとしてアパートを提供してくださったのが「つくろい東京ファンド」という東京都内で生活困窮者の支援活動をしている一般社団法人だった。

つくろい東京ファンドの代表の稲葉さんはビッグイシュー基金の共同代表でもある。その縁もあってよく街中で出会う雑誌「ＢＩＧ　ＩＳＳＵＥ（ビッグイシュー）」を売ってるＫさんと顔見知りになり話すようになった。先日、Ｋさんが段ボールハウスのホームレスの方と話をしていたところに挨拶をすると、その方を紹介された。その方も、つくろい東京ファンドさんにはお世話になったと感謝していたが、自らアパートを出て路上生活をしているようで、「人生いろいろだよ」と笑って見せた。

アイデンティティも人によって様々なのである。

きたい

ずっと自分に裏切られてきた

裏切られたと感じたときは、期待していたからに他ならない。

僕は自分に裏切られ続けていた。

「明日から頑張ろう！」

と明日の自分に期待してしまっていた。そのときは「明日の自分」も同じ自分なのだけど、「今日の自分」よりもちょっと優れていて、やる気も体力もあるような気がしていた。

しかし明日になっても頑張れない……。そんな日々が続いていた。

しかし、それもそのはずで、よく考えたら、昨日、頑張ってくれるであろうと期待した「明日の自分」は、今日になったら「今日の自分」になっているからだ。つまり「明日の自分」などというものは、実はいつまで経っても存在しないのだ。

そのことに気がつけば、明日の自分に期待するというのがいかに無意味かわかる。存在しない架空の相手に期待しているようなものだ。

禁煙がなかなかできなかったときもそうだった。「今日までは煙草を吸って、明日から禁煙しよう」と思っても、なかなかできなかった。

禁煙に成功したのは、今日の自分が、今日から禁煙しようと思ったからだ。

自分自身への期待でさえ厄介なのに、それが誰か別の相手に対するものだったらますます厄介だ。ただ、期待しなければ裏切られたと感じることもないけれど、期待もしないし期待もされない関係というのもいささか寂しい。

くも

本当のその人に会うことは、実はとても難しい

空に浮かぶ雲を見て、動物や何かの形に見えるのは「パレイドリア現象」という心理現象だという。かつて見たことのある何かを投影するのだ。

心がそういう現象を起こす理由を考えてみると、人間は（人間のみならず生き物は）未知のものが怖いからだと思う。

それは雲の形だけでなく、いろんな日常生活の場所で起こる。

初対面の人と会うときに、「◯◯に似てる」と思うのもその一つだろう。

芸能人の誰かに似てると思ったり、これまで出会った誰かに似てると思ったり。

未知の相手は怖いので、少しでもその恐怖を和らげようとする心の防衛本能なのだと思う。


でもそういうことの積み重ねが、本当の相手との出会いを遠ざけていく。

何かのきっかけで、よく知ってるはずの誰かの、まったく知らない一面を見て驚くことはないだろうか？

「そんな人だと思わなかった！」という言葉をドラマや映画や日常生活のあらゆる場面でよく耳にするが、その相手を「そんな人だと思ってなかった」のはその言葉ただけなのである。

を発した人自身なのだ。その人が、相手の「そんな人」の一面に出会えていなかっ

本当の意味でその相手と出会いたいと思ったら、できる限り先入観を取り除いて、相手を尊重して接するほうがよい。そうでなければ、その先入観は、どんどんズレを生んで、「本当の相手」とどんどん遠ざかってしまう。そして挙げ句の果てには、そのズレのせいで離別してしまうこともあるだろう。

人と人が、本当の意味で出会うのは、とても難しい。

それと同様にまた、本当の意味で自分自身と出会うのも、実はとても難しいことなのではないかと思っている。

珈琲（けんか）をたれるお店

僕には五歳下の弟がいて、子どもの頃はよくケンカをした。弟が幼稚園児の頃、ケンカをすると相手は僕一人なのに「きさまら〜！」と言って怒った。

それはテレビのヒーローもので、主人公が複数の敵に囲まれたときに言うセリフだった。

昭和育ちの僕らは、そうやってテレビから、いろんな言葉を覚えることが多かった。ドリフターズの「8時だョ！全員集合」のギャグは翌日から小学校で定番のギャグになったし、コマーシャルのセリフもすぐに日常会話に取り入れられた。

それが今やどうだろう？

みんなが同じテレビ番組を観ている時代ではなくなってしまった。

言葉は、主にネットから広がっていく時代になった。

そのとき、例えば漢字で「読めるけど書けない」という状況が生まれがちだ。また、ふりがながないので、読み間違いのまま覚えてしまうことも多い。

僕はずっと「珈琲を淹れる」というルビのない文章を読んで、「珈琲をたれる」と覚えていた。ある日、珈琲を淹（い）れる友人の前で「珈琲、たれてるんだね」と言って「はい？」と発覚したのが四十六歳頃だった。

そんな勘違いをしていたことにも理由があって、以前、水だし珈琲の器具で珈琲を淹れる様子を見たからだった。

当時、いつもと違う駅から家に歩いて帰ろうとして、道に迷って歩き疲れて、偶然辿り着いたのが「水だし珈琲」の専門店であった。そこには巨大な水だし珈琲の器具が何台も置いてあって、まるで化学の実験室のようでもあり道に迷ったこともあって、夢の中のお店みたいだった。

その水だし珈琲の器具から、珈琲が一滴一滴たれて落ちていく様子を見て、珈琲は淹(た)れるものだと覚えてしまったのだ。

またそのお店に行ってみようと思ったけれど、当時はネットも普及してない頃だったので、どこにあったのかわからず、やっぱりあれは夢だったのかも知れないとずっと思っていた。けれど、珈琲が「たれる」そのお店は荻窪の「タータン珈琲」といって、間違いなくちゃんと実在していた。

こころ

もう僕の心は鳴らないのだろうかと思うときがある

心はどこにあるんだろう？　感情をつかさどっているのは脳だとしても、実際にドキドキしたり、ヒヤリとしたり、シクシク痛んだりするのは心臓だ。だけど心臓は臓器であって心ではない。

脳や心臓を取り出して解剖学的に指し示すことはできても「心」を取り出して指し示すことはできない。つまり脳によって作り出される「心」は目に見えない存在だ。目に見えないけれど、人間にとって、あらゆる行動を左右する最も大切な存在であると言っても過言ではないだろう。

僕のイメージでは、脳が指揮者で、心臓が楽団で、そこで奏でられる音楽こそが心のように思うのだ。

嬉しいときには元気な曲が、悲しい時には寂しい曲が奏でられたりするだろう。しかし経験上、とても悲しいときやとても辛いときには、何も奏でられない、無音のイメージだ。そんなとき、もう一生自分の心は、何も鳴らないのではないだろうかと思ってしまう。

だけど、時間が経てば、またいつか音楽が奏でられる日々がきっと来る。

だから、疲れすぎた指揮者と楽団を少し休ませてあげるつもりで待ちたい。

第二章 さしすせそ・たちつてと

――子どもの頃から変わらないもの

さく【咲く】

あつまってくる
ものも　おおい

し【死】

そこから いなくなること
あら
こんにちは!
ハッ

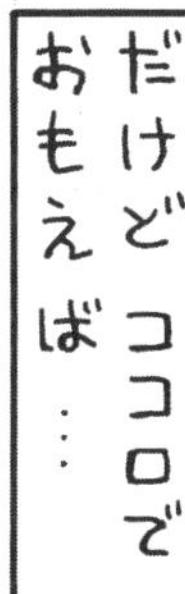
だけど ココロで おもえば…

たけぞうくん おげんき?

ちかくに かんじる
しんじゃったんです…
なかよくしてくれてアリガトね

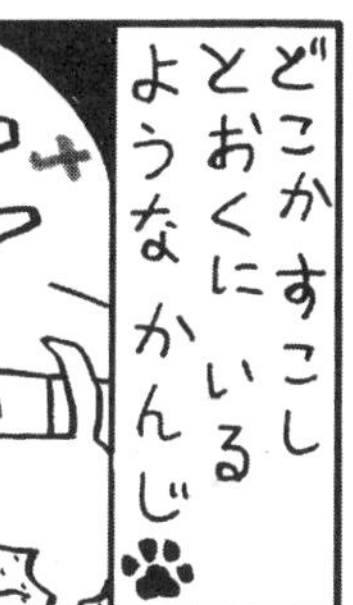
どこか すこし とおくに いる ような かんじ

すきま【隙間】

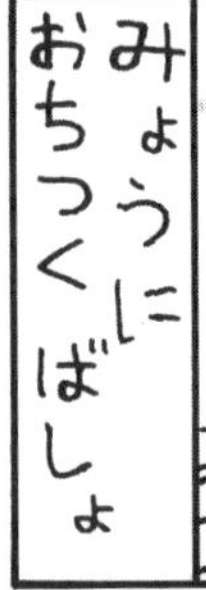

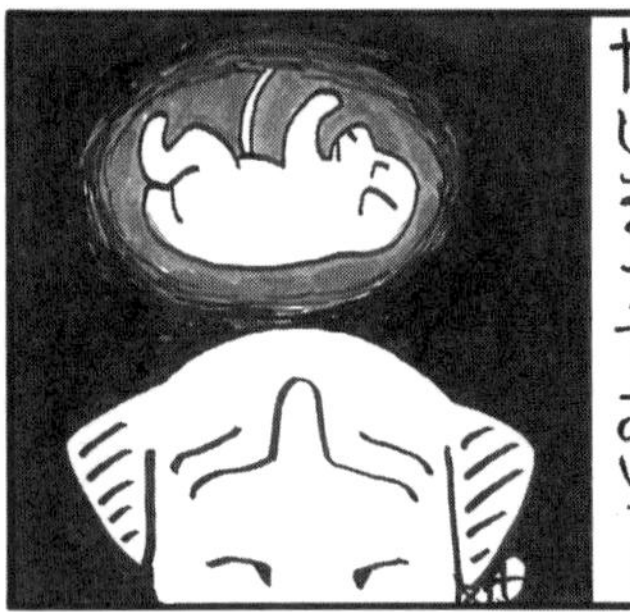

せいちょう【成長】

おおきくなること
そだつこと
ブンブン
チビ！もう
あなたは
おおきいのよ

ハッ
おもい…

せいちょうは…
おおきく
なっても
あまえんぼで
だいじょうぶ
ですか？

じぶんでは
わからにくい
フォ
フッ

そらもよう【空模様】

たいふう【台風】

たいふうがくるからあまどをしめとこう
ガタ
ガタ
まねかれざるきゃく
そうとうなあばれんぼう
ダン
ダン
ダン
ビュ〜〜
チュン
チュン
なんとかたいふういったかね…
そしてどうやらかぞくらしい

ちかみち【近道】

きょりとじかんをたんしゅくするみち
あっ! きょうドラマやるひだった!
ロダン! ちかみちしてかえるよ!!
ガシッ

ゴメンね
おさんぽはロダンのだいじなたのしみだもんネ!

あっ! ながれぼし!!
ちかみちしてたらみられなかった
しかし それがよいとはかぎらない

つめ【爪】

たとえばダンナの
からだのいちぶ

ペキン
ペキン

よし

きられたつめは

もとダンナ

くん
くん

でんしんばしら【電信柱】

ワシらにとっての
ポスト
てがみをかいたら
シロです！
ボクはげんき
です！
てがみをよんだら
シロです
ボクは…？
ん？なんて？
くん
くん
シュッ
シュッ
きんねん てがみが
うすくなったとの
こえも…

ともだち【友達】

なかのよい
あいだがら
あっ!
おおきな
おともだち
きたよ!
しかし それは…
キャイ キャイ キャイ
キャイ キャイ キャイ
だれかによって
きめられるものでなく
グルルルルル
じぶんで
きめるもの
ゴメンね
おどかし
ちゃったわね
キャイ キャイ

描かれていない気持ちが見えるマンガ

『ロダンのココロ』の第一回目が「咲く」だった。一九九六年四月五日付けの朝日新聞夕刊。

「朝日新聞関東版の夕刊に新しく『暮らしスタイル面』というのができるから、動物をキャラクターにした哲学的なマンガを描いてくれませんか？」という依頼だった。

そう声をかけてくださったのは、当時、朝日新聞の記者の鈴木繁さんだった。マンガに詳しく、マンガ評論の本も出版していて、また「手塚治虫文化賞」の立ち上げにも深く関わっておられた。

すでに何冊かの雑誌で連載していたものの、僕はまだマンガだけでは生活できずにアルバイトをしていたので、「これでバイトを辞めれる」と喜んだが、それを見透かしたかのように、鈴木さんは「絶対に生活を変えないでくださいね」と言った。

自分では感情を表情に出してないつもりでいるのに、いつもいろんな場面ですぐに見透かされてしまう僕なのであった。「暮らしスタイル面」は短ければ三ヶ月で終わるかも知れないというのが、その理由だった。

その鈴木繁さんが、二〇一六年にご病気のため亡くなられた。五十九歳だった。『ぼのぼの』で知られる、いがらしみきおさんと、いがらしさんと僕の共通の担当編集者であり、当時、竹書房にいた編集者の辻井清さんと、ご自宅に伺いお別れのご挨拶をしてきた。

いがらしみきおさんは、僕にとって雲の上の人のような存在だった。実は鈴木さんが最初に朝日新聞への連載を依頼したのは、いがらしみきおさんだったのだ。だけどその頃、いがらしさんは、作品がアニメ化される時期と重なって忙しく、受けることができなかったので、辻井さんに担当して頂いていた僕のマンガ『シロと歩けば』を見て依頼してくださったのだ。

もともと絵本作家を目指していた僕が四コママンガを描き始めたのは、いがらしさんの『ぼのぼの』に出会ったからだ。

『ぼのぼの』との出会いは衝撃的だった。描かれてはいない気持ちが、目に見えるように伝わってきた。言葉にできないような「こんな気持ち」が描かれていると思った。

今まで見たことがない四コママンガだった。同じ大きさのコマで展開していくという四コママンガの表現に、絵本との接点を感じたのだ。

その前の年に絵本のコンテストに応募して入選したものの出版にはつながらず、だったらどうやったら絵本作家になれるんだろう?と思っていた時期でもあった。それで『ぼのぼの』が載ってた「まんがくらぶ」という四コマ誌のコンテストに応募したのがデビューのきっかけだった。

まるで鈴木さんに呼ばれたような不思議な縁を感じるご焼香だった。

そして今にも「お待たせしました」と現れて、いつもの笑顔を見せてくれるような気がしてならなかった。

し

僕が思い出せるなら、別れた人もそこにいる

僕には独自な死生観があった。

例えば誰かが生きているあいだは、時間は縦に繋がっていて、その人は縦に繋が

った時間の一番上の「今」にしか存在しない。過去のその人は、積み重ねられた下の「今」にいるから存在できないのだ。

だから、別れた恋人だったら別れた状態でしかなく、絶交した友人だったら絶交した状態のままだ。

だけど死んでしまうと時間の流れが止まり、縦に積み重なっていた時間がすべて横一列に並んで、現在も過去も関係なく、それまで生きていたその人のすべてが同等に存在することができるという解釈。

あるとき、社会学者の宮台真司さんの対談を読んで、そんな自分の死生観は独自なものではなく、一〇〇年前の日本人の時間感覚や死生観に通じるものであることを知った。

そして、その対談の中で宮台さんは、こう語っていた。

「過去も過ぎゆかないんです。過去にあったことは、もちろん過去に過ぎないけれど、今も思い出せる限りで、『別れた人もそこにいる』わけです」

死別だけではなく、もう会えなくなった別れた恋人や友人も、思い出せる限りで、今そこにいるのだ！

かつて、素敵だった恋愛や友情は、決して失われてはいなかったのだ。

そう思えば、悲しさも少しは和らいで、そこから生きる力をもらえる。

僕は、きっと思い出に支えられて生きている。

すきま

耳を折りたたむときの気持ちよさの正体

スキマは好きなほうだ。

犬も猫もスキマが好きそうだが、それはマンガにも描いたように母体回帰的安堵感的な本能なのではないだろうかと思う。

そういう本能に刻み込まれた記憶というのは、人間にもきっとある。

ある時、行きつけの理髪店で、新しいサービスとして頭のマッサージをしてもらったことがある。浮き輪のようなモノを頭に巻いて空気圧でマッサージするのだ。理髪店の方に「どうですか？」と聞かれ、僕の口から自然に出たのは「懐かしい気持ちになります」という言葉だった。理髪店の方が「まあ！」と笑いながら反応したので、自分のその答えに僕もハッとした。

その懐かしさは、母親の体内からこの世に出て来る時の圧迫感ではないだろうか？　無意識領域に刻み込まれた記憶ではないかと思った。

そう考えると、ある僕の癖も、そういう無意識領域の記憶によるものではないかと思える。その癖というのは、耳を折りたたむ癖だ。僕には子どもの頃から耳の穴を埋めるように耳を折りたたむ癖がある。耳はすぐに開いてしまうので、その際には、折りたたんだ耳は手で押さえたり折りたたんだまま枕に押し付けたりする。すると、耳の中がひんやりしてとても気持ちがよく安心する。

時々、この気持ちよさの根源は何なんだろう?と考えることがある。仮説として、母胎の羊水に浸かっていた頃の胎内記憶ではないかと考えたことがある。耳の中まで羊水に満たされている状況を耳たぶで再現しているのではないかと思うが、答えはわからない。

また、女性や細身の男性で、何気なく立ってるときに脚をクロスさせる人をよく見かける。僕自身も、時々やる。これも胎内記憶が原因ではないかと思う。母胎の中の赤ちゃんが脚をクロスさせてる画像を見たことがある。

そんなことを考えてると、生物にとって一番居心地が良かったのは、やっぱり胎内だったのかも知れないと思うのだ。

せいちょう

永遠の二十七歳を生きている

「せいちょう」をテーマに描いたP55のマンガは、以前、実際に見た光景だった。白い大きな犬が散歩途中に立ち上がり、飼主のおばあさんの肩に前足をかけていた。支えるのも精一杯といった感じで「やめて！　アナタは大きいのよ！　もう小さくないのよ〜！」と叫ぶように言い聞かせていた。

ワンちゃんの微笑ましい一場面に思えるが、自分を顧みると、人間も同じだと思う。

中年以上の人たちで、自分のことを永遠の十七歳とか十九歳とか高校生とか言う人がいる。若い人はそれを聞いて、冗談だとか、「心が老けないようにそう自分に言い聞かせてるのだろう」と思うかも知れないが、ほぼほぼ本気である。

僕の場合も街中で、ふと「おじさん」とか声をかけられたりして「あっ、そうか……、そうなんだな、そうだったそうだった……」と、対社会の中での実年齢を思い知らされる場面もあるけれど、一人のときは、油断してると意識が〝ある年齢〟のままなのに気がつくことがある。

その年齢が、僕の場合は二十七歳なのだ。

どこからその年齢が導き出されたんだろうと思い返すと、二十五歳でマンガ家としてデビューして、最初は二ヶ月に六ページの連載だったのが、他の出版社の雑誌にも連載したり仕事が少しずつ増えて、出版社の忘年会にも呼んでもらえるようになった。そしたらたくさんのマンガ家さんたちに会えるようになって、マンガ家の友だちもできて「自分は本当にマンガ家になれたんだなぁ……」と、しみじみ感じたのが二十七歳だった。

僕にとって、マンガ家になれたというのは、憧れの職業に就けたというよりも、社会の中にようやく自分の居場所を見つけることができたという喜びなのであった。意識的に「二十七歳」のつもりはないが、無意識に心の中では永遠の二十七歳を生きているのだろうと思う。

そらもよう

「宇宙には果てがある派」の敗北

空模様と言えば、小学四年生のある一日を思い出す。その頃は仲良し男子四人組でグループを作っていつも一緒に遊んでいた。秘密基地を作ったり探検したり、四人がそれぞれノートにマンガを描いて回し読みしたり……。

遊んでいるのではなくて、いつも真剣に何かを成そうとしている感覚だった。大人が見たら遊んでるようにしか見えなくても、子どもは子どもで真剣なのだ。だから鬼ごっこをしてても真剣が故にケンカに発展することも少なくなかった。

その日は夏休みで、昼ご飯を食べたらT君の家に集合することになっていた。T君の家に着くと三人は屋根の上に上がって空を見上げて、あの雲は何に見えるだの話していた。

そのうち、宇宙の話になって「宇宙に果てはあるのか？　ないのか？」という議論に発展した。

ちょうど二対二に分かれて、僕とT君は「宇宙に果てはある派」だった。

僕には「果てがない」という状態は存在しないと思っていた。

ビッグバンという現象で、宇宙が生まれて以来、宇宙が膨張し続けていることは知っていたから、仮に果てがない状態が存在すると考えるとしたら、膨張を続けているという状況を「果てがない」と言うこともできるかも知れない。しかしそれでも宇宙の膨張の最先端が「宇宙の果て」なのだと思っていた。

そんな論争をしていたのだけど、当然結論が出ることはなく、誰かが「テレビ局に聞いてみよう！」と言った。

一九七〇年代のテレビは小学四年生の僕らにとっては絶対的な存在で、テレビで放送されてることはすべて事実であると信じていた。

公園の公衆電話から、僕が代表で電話することになった。電話をかけたのは地元の民放テレビ局。最初、受付みたいなところにつながって、「宇宙に果てはあるんですか?」と尋ねると「係の者に代わります」と言われ、さすがはテレビ局だと思っていると、電話を代わった男性が面倒くさそうに「ないと思いますよ」と言った。

それで結局「果てがない派」の二人が勝利を収めることとなり、僕ら「果てがある派」の敗北で終わったのであるが、僕は、敗北とは別な釈然としない気持ちでいっぱいだった。

その釈然としない気持ちの原因は「ないと思いますよ」という言葉だった。僕らが知りたかったのは事実であって「思いますよ」という憶測ではなかったからだ。真剣だった分、釈然としなかったのだった。

あのとき、ああ言えばよかった、こうすればよかったとはいつも後から思うもので、その瞬間は得体の知れない釈然としない気持ちに呆然と佇んでしまうばかりなのは、大人になった今でも変わらないのである。

たいふう

「ちゃんと兄ちゃんらしくしてよ！」

あれは忘れもしない、僕が小学六年生で、弟が小学一年生のときだった。いつも弟とは別々に学校に行っていたが、その日は風が強く、台風が来そうだということで「一緒に学校に行ってあげて」と母に言われて、弟と一緒に学校に行った。

途中、風が強く吹いていて、酒屋の外にあった空(から)のビールケースがゴロゴロと飛ばされていた。それを見た弟は「兄ちゃん、怖い！」と言って、僕の手をぎゅっと握ってきた。僕は「大丈夫や、兄ちゃんがついとる！」と言って強く手を握り返したのを覚えている。その頃の僕は、同学年の友だちのあいだでは、いつも末っ子のようなポジションだったけれど、弟の前でだけは「兄ちゃん」だった。

僕を「兄ちゃん」と呼ぶ弟に対して、僕も自分のことを「兄ちゃん」という一人称で話した。

相手や状況によって一人称が様々に変わるのは日本語だけだという。「兄ちゃん」と呼ばれた自分も「兄ちゃん」であろうとしたのかも知れない。

しかし今現在、ごくたまに電話で話すと、弟は僕のことを「おまえ」と呼ぶ。「兄ちゃんやろ?」と言うと「やったら、ちゃんと兄ちゃんらしくしてよ!」と言う。たしかに僕は、二人兄弟の長男で、福岡から東京に出てきて好きなことやって実家のことはすべて弟に任せっきりで、全然「兄ちゃん」じゃなかった。

思えば、その台風の日の頃の僕が、人生でいちばん「兄ちゃん」らしかったかも知れない。その日は家に帰って、弟と一緒に双眼鏡で「台風の目」を探したのを覚えている。「台風の目」は、特撮ヒーローに出てくる敵のキャラクターの巨大な目玉の怪物のようなものだと思って探していたので、見つかるわけがなかった。

「台風が来る」と聞くと、いつもその日のことを思い出す。子ども時代の弟との大切な思い出の一ページになっている。

ちかみち

読みたい箇所が一ページしかなくても本を買った時代

色々な意味で、近道できる時代になった。

何かわからないことがあると、ネットで検索してすぐに知ることができる。あまりにも簡単にわかって、昭和に生まれ育った僕にとっては、簡単過ぎて何か悪いことをしているような気持ちにもなる。これでよいのか？と思うが、これでよいのだ。

それを否定してたら、電子メールもやめて、和紙に筆で書いた手紙を飛脚に運んでもらわないといけなくなる。そう考えると、ネットのある現在は、間違いなく時間とお金の節約にもなっている。

ただ僕の場合、ネットで検索して得た知識は意外に身についてない。それは、あまりにもピンポイントな理解だからだと思う。

ネットが普及する以前は、マンガやイラストで何かを描こうとして、そのときに正確な情報が必要な場合、まず図書館に足を運んだ。それで、自分の調べようとする対象がどんな本に載っているかを調べるところから始まる。そして、周りから詰めていって調べたい対象に近づいていく。その過程で、調べる対象を全体像から俯瞰するように理解できる。それは理解を深めることにつながった。

図書館に対象の本がなければ、資料としての写真が一ページしか載っていなくても本を買うこともざらだった。時間もお金もかかった分だけ、そうやって得た知識は、今も自分のものになっている。

ネットの普及は、近道の普及で、とても便利で有難い。絶版になっているような古本も、今ではネットで探すことができる。

かつて、僕の趣味は古本屋巡りだった。

ただ僕の場合は、古本屋巡りを目的として出かけるのではなく、他の用事で出かけたついでに、その街々の古本屋を巡るのだ。そうやって、ずーっと探していた本に巡り合ったときは、一瞥しただけで、本棚からその一冊が光り輝くように目に飛び込んでくる。近道をしては体験できない感激もあるのだ。

つめ

発達障害と診断してもらえない

以前、爪を切るたびに爪切りを買っていたことがあった。部屋をゴミ屋敷にしてしまった頃だ。
ゴミもゴミ袋に入れられず床上六十センチの高さまで散乱していたので、いろんな物がすぐになくなったし、何か物を下に落として探そうとしてもゴミが蟻地獄の砂のように雪崩れ落ちてくるのだ。

そのときのゴミ屋敷は、友人で歌人の枡野浩一さんや作家の天野慶さんをはじめたくさんの方々の手を借りて片づけることができた。そしてそんな僕を見かねて、部屋をゴミ屋敷にしてしまうのは何らかの発達障害だと思うから、と病院での受診をすすめられた。

僕自身も、いつも片づけたいという気持ちはあった。だけどそれができなくて、積もり積もってゴミ屋敷にしてしまった。片づけられなくて失った愛もある。だからその原因がわかれば、それを改善する方法もわかるかも知れない、と思うと僕はこれで救われる、どうしてもっと早くそのことに気づけなかったのだろうか……、と思ったほどだった。

そして受診の結果、僕は発達障害ではないと診断されたのだった。これが何か別の病気だったら、「そうではなかった」と喜ぶところだろうが、僕は発達障害ではないという診断に途方に暮れてしまった。

それは、僕が自分自身に困っている事実は変わりがないからだ。むしろその解決につながるであろう光を見失ったような気持ちになった。

ちょうどその頃、偶然のタイミングではあったが、演劇ユニット・やしゃご公演『てくてくと』という演劇を観た。それは「発達障害グレーゾーン」をテーマにした舞台だった。生きづらさで悩む主人公が発達障害の検査を受けるも、ただの性格の問題と診断される。しかし何も変わらぬ生きづらさに、だったら自分は「ここからどこに向かえばいいのか?」と自問自答する。

まさしくその頃の僕自身のようだった。

発達障害と診断されなかったことで苦しむという状況があるのだということを、身をもって体験しながら生きている今日この頃なのである。

でんしんばしら

あの時の電信柱の弟役は、脇役だったのかもしれない

小学三年生の時、学芸会で「電信柱の兄弟」の劇で、主役の電信柱の弟を演じたことがある。電信柱の兄役は、クラスで一番背が高かったIくんで、一番背の低かった僕が弟役に選ばれた。

どんなストーリーだったのか覚えていないが、印象的だったワンシーンのセリフを覚えている。

（雪の降りしきる夜）

電信柱弟「兄さん、寒かろう」

電信柱兄「おまえも、寒かろう」

（そして、抱き合い温め合う電信柱の兄弟）

大人になって、マンガやお話を考える仕事をするようになって、そのときの劇を思い出し、それが一体何の話だったのか知りたくなった。

雰囲気としては『月夜のでんしんばしら』という電信柱を擬人化した童話も書い

ている宮沢賢治の何かの作品かと思って調べたけれど、そうではなかった。

そんなあるとき、「まんが日本昔ばなし」で放映された『ふとんの話』に同じセリフがあったのだ。その昔話が、小泉八雲によって怪談『鳥取のふとんの話』として再話されていることを知るが、それは人間の兄弟の話で電信柱ではなかった。

結局、色々探したが見つけることはできなかった。

しかし、そのセリフのことを考えると、担任のM先生が『鳥取のふとんの話』や、いくつかの話を下敷きに創作したオリジナル脚本だったかも知れない、と思うようになった。

そして、ずっと電信柱の兄弟の話と思っていたけれど、もしかしたら電信柱の兄弟は脇役だったのかも知れない。そうだとしても、今でもセリフを覚えてるくらいだから、きっと一所懸命練習したのだろう。主役を演じたような思い出になっている。思い出というものも、きっとそうやって脚色されていくものなのだろう。

ともだち

中学一年生のクリスマス・イブに亡くなった友達

平山くんという友達がいた。あだ名はヒラヤン。小学四年生の時から中学一年生まで同じクラスだった。

ヒラヤンとの忘れられないエピソードがある。

小学四年生の頃、学校にニワトリ小屋ができて、その小屋の名前を全校児童から募集することになった。ニワトリ小屋の前に投票箱が設けられた。投票箱が置かれた机には、筆記用具と、自分のクラスと名前を書く欄がある専用の用紙が置いてあった。

クラスの誰かが「チキンハウス」と書いて応募したと言ったら、僕も、わたしもと、同じ名前を応募したというクラスメイトが何人もいて、もう「チキンハウス」に決まるのではないかと思われるくらいの勢いだった。それを聞いた僕は「ハウス」が付いてれば何でもよいのだと思いこんでしまった。だったら「チキンハウス」よりもっと素晴らしい名前がたくさんあるじゃないかと、ヒラヤンと二人で「ハウスプッチンプリン」だの「ハウスバーモントカレー」だの思いつく限りのハウス食品の商品名を書いて応募したのだった。

そんなある日、クラス会の時間に「内田くん、平山くん、立ちなさい！」と先生に言われ、てっきり僕は、ニワトリ小屋にユーモアあふれる名前をたくさん応募したことを誉められるのだろうと満面の笑みで立ち上がったのであるが、先生は「何ですか！　あなた方は、あんなふざけた名前を書いて！」と怒ったのである。僕は何で怒られているのかまったくわからなかった。みんなだって「チキンハウス」と書いて応募してたじゃないか！

しかし残念なことに、当時の僕とヒラヤンは「ハウス＝家（小屋）」だとは知ってはいたが、「チキン＝ニワトリ」だとは知らなかったのだ。「チキンハウス＝ニワトリ小屋」だったとは……。

ちなみにそのニワトリ小屋の名前は、低学年の児童が応募した「おはようさん」に決まった。

そして先生は、なおも続けた。

「他にもふざけた名前がたくさんありました。『カウンタック』だの『ポルシェ』だの『フェラーリ』だの……（当時はスーパーカーブームだったのだ）、そんなふざけた名前をつけた人たちは全員無記名でしたが、あなた方はクラスと名前をちゃんと書いてましたね。その勇気だけは認めます！」と……。

勇気も何も、ふざけてる気持ちはなかったから堂々とクラスと名前を書いたのだ。

しかしそのことを上手く言葉にすることができず、僕もヒラヤンもうつむいて謝るしかなかった。

ヒラヤンとは、その後もずっと仲がよくて、中学生になると『少年サンデー』で始まった『がんばれ元気』を二人とも毎週楽しみにして感想を語り合ったり、『少年マガジン』の「釣りキチ三平」の影響で学校が終わると毎日のように近くの川に釣りに行ったりしていた。

ところがその中学一年生の冬の寒い日、ヒラヤンは朝の掃除中に倒れて、そのまま亡くなってしまった。忘れもしない十二月の終業式の日、十二月二十四日だった。生まれつき心臓が悪いとは聞いていたが、普段はそんな様子はまったくなく、みんなと一緒に走り回っていたので、誰もが驚いていた。みんな、昨日まで笑顔でクラスにいたヒラヤンがフッといなくなってしまった悲しみに暮れていた。

小学六年生の頃、将来の夢は考古学者だと言っていたヒラヤン。

生きていたら、どんな大人になっただろうか？　今でも友達だったろうか？　と時々思い返す。

ヒラヤンは、僕のマンガ家デビュー作で十七年連載した『シロと歩けば』の、三郎さんの友人のヒラヤマくんだ。

第三章

なにぬねの・はひふへほ

――この人生でよかったのかと思うとき

ない【無い】

そんざい しないこと

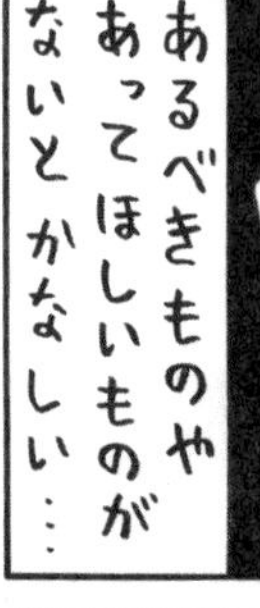

におい【匂い】

きゅうかくで
にんしきするしるし
みんな それぞれの
においをもっている
ダンナ
オクさん
おじょうさん

ただ・・・
ひさしぶり
ロダンくん
山形

ひとにはかいではいけないばしょがあるようだ
くんくんくんくんくんくんくんくんくんくんくんくんくんくん
ロダン！
やめなさいっ!!

ぬま【沼】

おおきな みずたまり

あら！
おとならの…

なにしてるの？
あぶないわよ！

ザリガニつりよるんや！

キケン！

きをつけないと
あぶないばしょ

ねこ【猫】

ニャアニャアなく
ちっこいやつ
ニャア〜
ニャ〜
なぜか たかい
ところにおるやつ
なんと いっても…
じぶんだけで
さんぽできる
うらやましいやつ

のき【軒】

はっぱ【葉っぱ】

あついころには…

ンミー

ンミー

こかげをつくり

さむいころには…

ヒュルルル

じゅうたんになる

たよりになる

やさしいそんざい

ひなたぼっこ【日向ぼっこ】

ひなたに せいそく する ようせい

ぬくいねぇ にいちゃん!

ぬくいなぁ オマエ!

ふんばる【踏ん張る】

いし ひょうじの
こうどうの ひとつ
まだ においたい
ガシッ
もう いくぞ！ シロ!!
たけぞう おうち こっちよ！
ガシッ
まだ さんぽ したい…

きゃっか される
ことも おおいが…
ガシッ
だっこ！

ハイ だっこ！
うまいこと やりおった！
ときどき かなう
ことも ある

へいてん【閉店】

おみせがしまってること

きょうはていきゅうびだったわ

ほん【本】

しかくい ちいさな
かみのかたまり
クンクン

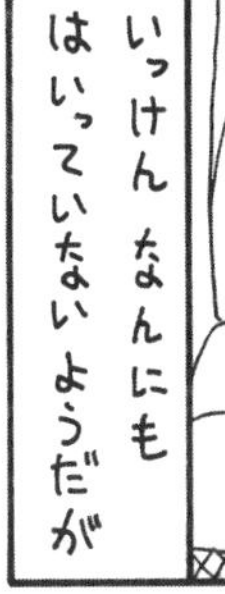
いっけん なんにも
はいっていないようだが

じつは いろんな
たくさんの…
わ〜!
ハハッ
クスン

そうだいなことが
つまっているらしい
ふしぎな ぶったい
パタン
あ〜〜!!
おもしろかった!

ない

お金がない時に出る身体的症状

例えば、恋をしている相手と話をするときは、身体（からだ）が熱くなったり、心臓の鼓動が速くなったりする。それは昔から記号的な表現としても使われているし、周知の事実だろう。それと同じように、人は恐怖を感じたときや、悲しいことや辛いことがあったときも身体に反応が表れる。

僕は、どうにもならないほどお金がないとき、頭から血の気がスーッと引いていき身体が重く感じられ、心臓の鼓動が遅くなり呼吸も苦しくなる。実際そのときに血圧や心拍数を測ったことはないが、きっと数値にも表れるだろう。

僕の「お金がない」ときの症状の場合、病院の処方箋で〝現金〟が処方されれば、すぐに治るだろう。まさに「病は気から」とはこのことだ。気持ちが身体に影響を及ぼすことで病気を発症することも、病気を回復に向かわせる場合があることも、今では科学的に証明されているという。

だから「孤独死」という言葉を初めて聞いたとき、僕は、〝孤独〟の淋しさによって身体が蝕まれて死に至ることだと思った。

しかし実際の「孤独死」の意味は、一人暮らしの人が周囲の誰にも知られずひっそりと亡くなってしまう状態を言うので、それは間違った解釈ではあったが、孤独の寂しさが積もり積もって、人の心を蝕み死に追いやってしまう場合もあるのではないかと、実感を伴いながらそう思う。

におい

三日間でいいから犬になってみたい

『シロと歩けば』という犬のマンガでデビューしてから、三十年以上が経つ。犬の視点から見た世の中を描いている。でもその犬の視点は、僕の想像でしかない。だから、三日間でいいから本当に犬になりたいと思うのだ。そして、犬がどんな風に世界を捉えているのか知りたい。

まず思うのは、人間と同じような捉え方をしていないのは間違いないだろう、ということだ。犬は視覚よりも聴覚や嗅覚のほうが優れていて、視力は人間でいう〇・二〜〇・三しかないそうだが、聴覚は人間の四〜十倍、嗅覚においては百万倍〜一億倍と言われている。もう嗅覚においては何が何だかわからないくらい、すごくて想像すらできない数値だ。その数値を考えると、犬は主に嗅覚と聴覚によって世界を構築し、認識している可能性が高い。かなり視覚に頼って世界を認識している人間とでは、まるで世界の捉え方が違うはずだ。それがどんな世界なのか知りたいのだ。

誰かの立場になってその人の気持ちを想像することはできても、本当の気持ちはその人にしかわからないように、やっぱり本当に犬にならないと実際のところはわからないだろう。

同様に、犬のみならず、同じ地球に生きる他の生き物たちもそれぞれ別の世界の捉え方をしていると思うと、すべての生き物がそれぞれ違う捉え方をしていながら同じ場所で生きているというのが不思議で面白い。

ぬま

底なし沼は地球の反対側までつながっているのか

「沼」という言葉は昔からあるが、数年前から、新たな「沼」の使い方が広まっている。「○○沼」と何らかの趣味などに沼を付けて、○○の沼にはまって抜け出せない様子を表す言葉だ。この時の「沼」は「底なし沼」を連想させる。

僕が子どもの頃「底なし沼」は、身近に潜む恐怖の一つだった。僕は福岡市の街中で生まれ育ったが、昭和四十年代の頃には、まだまだ自然の小さな森のようなものがたくさんあった。その小さな森の中にある沼は「底なし沼」と言われ恐れられていた。子どもの頃に持ってた怪しげな図鑑にも底なし沼が載っていて、沼にはまってしまったシカが目を見開いたままうずもれていく姿の挿し絵を、今でも覚えている。

その「底なし沼」を知った頃が幼稚園児の頃で、それから少しずつ知恵もついて、小学生の頃には「宇宙の果て」について考えたのと同様に、底がない沼というのはあり得ないと考えるようになった。

そして、もしも底がない沼が実在するとすれば、その沼は地球の反対側までつながっている沼だろうと思うようになった。

そして中学一年生の頃、担任だった化学の先生だったS先生にその「底なし沼」の正体を図解を入れて説明してみせたが、地球を突き抜ける沼は存在しないと解説されてしまった。だったら地球に穴を掘って貫通させれば人工的な底なし沼ができるのではないかと提案したが、地下深くにはマントルという硬い地層があって、穴を掘るにも十キロメートルくらいしか掘れないと、話はすぐに終わってしまった。

「○○沼」という言葉は、流行語の一つだろう。流行語の中には、説明されても今ひとつ使い方がわからない言葉も多いが、「○○沼」は何の説明がなくてもわかる。とくに昭和の「底なし沼」に恐怖を感じた世代にはわかりやすい流行語だと思う。

ねこ

「猫のマンガを描けばいいのに」

二十五歳の頃『シロと歩けば』という犬のマンガでデビューしたものの、最初は二ヶ月に一度、六ページの連載で、デビュー当時の原稿料は一ページ五千円だったので、マンガだけで食べていくにはまだまだほど遠かった。だからアルバイトで生計を立てていたのだが、その頃よく言われたのが「猫のマンガを描けばいいのに」ということだった。

猫を描いた方が売れるかもしれないよ、というのだ。猫好きな人は色んな猫種を好きだけど、犬好きな人は、人によって好きな犬種が限定されるという。

たしかに言われてみれば、猫はその大きさにそれほどの大差はなく、どの猫種を見ても「猫」だと思えるけれど、犬の場合、セントバーナードとチワワなどは極端に大きさも違い、まるで違う種類の動物のようである。

だからと言って「では、猫のマンガを……」と描けるような器用さは僕にはなかったし、僕には僕の犬を描く理由があった。

僕が子どもの頃は、まだ町中に野良犬がたくさんいて、野良犬仲間で助け合って生きている者もいれば一匹で生きている者もいたし、威厳すら感じる者もいれば何かにおびえてる者もいた。

しかし、みな寂しそうで悲しい目をしていた。

絵本作家を目指して東京に出てきた一九八三年頃も、まだ町中に野良犬はいた。そんな野良犬たちを見て、当時の僕は、犬は生まれながらに寂しさを背負っていると感じていた。だからこそ、その太古の昔から人間と生活を共にしてきたのだと思った。人一倍、寂しがり屋だった僕は、そんな犬たちに自分を重ねるようになっていた。そしていつしか犬を描きたいと思うようになった。

だから僕が描くのは、人間の目から見た犬ではなく、犬自身としての犬で、そこに描かれる人間は、犬から見た人間の姿であった。

そのためにはどうしても、擬人化はしているんだけど、できるだけ擬人化していない構造の表現をする必要があった。そして、「犬の思ってることは読者にはわかるけれどマンガの中の人間にはわからない」という構造になった。

それが僕の犬マンガの始まりだった。

のき

運命を感じていたのは僕のほうだけだった

昔は、突然の雨に、そこらの家やお店の軒先を借りて雨やどりをすることも多かった。最近はそんな雨やどりもあまりなくなって来たようにも思う。その理由を考えると、コンビニでビニール傘がワンコインで買えることや、軽くて扱いやすい折りたたみ傘の普及、天気予報の精度が上がったことが挙げられると思う。

さだまさしさんの『雨やどり』という名曲がある。それは雨やどりで恋が生まれる歌だったが、僕にも雨やどりの思い出がある。

かつて僕が水道検針のアルバイトをしていた頃、ある日のバイト中、急にどしゃ降りになりまして……♪

それは仕事を中断せざるを得ないくらいのどしゃ降りで、すぐ近くのコインランドリーに避難したのであった。

幸いコインランドリーには誰もいなかったのだが、その直後、得体の知れない生き物が入って来たのだ。最初はホントに何だかわからなくて宇宙から来た未知の生物かとドキドキしたのだが、よくよく見たらすごく小さな黒猫だった。雨に濡れて、より一層、針金のように痩せ細っていた。

黒猫は僕を見つけるやいなや、ニャアニャア鳴きながら僕の脚をよじ登ってきた。

ズボンの上からとはいえ爪で脚が痛かったので、黒猫を脚から剝がした。その場に置いて「ちょっと待ってろよ！」と言い聞かせるように言うと、雨の降りも少しは弱くなっていたので、一番近くのコンビニまで走った。

猫缶と牛乳とタオルを買って戻って黒猫の身体を拭いて、猫缶を開けた。よっぽどお腹が空いてたようで、鼻で息をしながら一気に猫缶を平らげた。寒かったせいか、空き缶に注いだ牛乳はほんの少し飲んだだけだった。

こんな運命的な出会いもあるんだと、これからどうしようか考えていた。僕のアパートでは猫は飼えなかったのだ。

考えたら、ずぶ濡れで一人ぼっちの黒猫も僕と同じ境遇みたいじゃないか……。このまま放っておくことはできないと、誰か猫を飼ってる友達はいなかったかなどと色々考えを巡らせていた。

そんなことを考えてるうちに、雨が上がって雲のあいだから太陽の光が射してくると、黒猫は何事もなかったようにさっそうと飛び出して行ってしまった。

僕一人が運命の出会いだと感じて、一人で盛り上がっていたようだった。相手が女性の場合にはよく勘違いしていたが、相手が猫でもそうなのだった……。

はっぱ

銀杏の違いには、複雑な理由があるはずなのだ

秋から冬にかけての銀杏（いちょう）並木を見ていると、すでに葉っぱがほとんど落ちているものもあれば、隣の木にはまだ葉っぱがたくさん残っていたりもする。

人間の僕の目から見ると、置かれている環境はほぼ同じに見えるのだけれど、実は微妙な違いがあって、日当たりとか土壌とか、そういう微妙な違いが日々の成長過程において少しずつ積み重なって、だんだん差がついていくのだろう。

そう考えると人間もまったく同じだと思う。

われわれ人間も、他者を理解しようとするとき、最大公約数を求めるように語ろうとする。

さっき僕が「銀杏並木は……」と語ったかのごとく、「最近の若い人は……、男は……、女は……」と。

しかし人間はみな個人個人であり、そんなふうに分類分けして、ひとくくりに語れるものではない。自分が、そんなふうに大雑把に分類分けされて語られる当事者になったときは「自分は違うなぁ……」などと感じることも多いのに、他者にはやってしまいがちだ。

「自分のことを棚に上げて……」とよく耳にするのも、それだけ自分のことを棚に上げる人が多いという証だろう。

大雑把に分類分けしてはいけないのは人間の行動や言動だって同じことで、どんな行動も言動も、様々な感情が織り交ざった結果であり、とても一言で言える単純な理由があるものでない。

みんな自分のことを振り返って考えればよくわかるはずなのに、多くの場合、他人の行動を理解しようとするときに、その元には単純な一つの原因があるかのような前提で解釈しようとする。

たしかにそうやって語らなければ語りにくい事柄があるのも事実かも知れないけれど、せめて目の前にいる生身の相手には、その人個人の複雑な気持ちを尊重して、理解に努めたいと思う。

ひなたぼっこ

いったい人生何周目ですか？

浅井日向（ひなた）くんという元生徒がいる。僕が三年間ほど専門学校で教えていたときの生徒だった。僕はゼミを受け持っていたが、専門学校でも就職に直結しない分野の学校は年々生徒が少なくなってた頃で、浅井くんの学年も全員で十人程度、ゼミの生徒も五、六人だった。

人数が少ないせいもあって、生徒との距離が近かった。

ゼミが終わると、男子生徒三人と一緒に、いつも夜遅くまで公園やファーストフード店でいろんな話をした。そうやって浅井くんたちと過ごしているときは、自分まで二十代の頃のような気持ちになっていて、ふとトイレに入って鏡の中の自分を見たときにハッとすることもあった。

夏休みに学校のみんなを引率して離島でのアート体験旅行に行ったことがある。全員で十人分のチケットを取りまとめて僕が発注したのであるが、その旅行の帰りの船のチケットの出港時間が違っていて、港に着いた頃には船はすでに出港していたということがあった。

旅行代理店に電話をすると、もし受注ミスがあったとしても、手元に届いた時点でチケットを確認しなかった僕の責任ということになり、改めて船のチケットを十人分購入しなければならなくなった。すると、そばにいた浅井くんが「電話を替わってください」と言って先方と話をすると、「チケット再発行してくれるそうです！」とこととなきを得た。

近頃では、達観した子どもや若い人を称賛するとき、「人生何周目？」と聞くような言い方をするが、浅井くんにもそう感じることが多かった。

学園祭では浅井くんが監督・脚本で『いこい』という映画を撮った。僕も出演したのだが、とくに映画の勉強をしたわけでもないという浅井くんであったが「こう撮れば、ああなる……」「ああするには、こう撮ればいい……」と経験者のごとくみんなを指導して撮影した。

作詞・作曲もして映画の挿入歌も歌っていた。そんな様子を見てると、人生を何周かしてることを忘れてはいるけど、そのときに得た知識は覚えている人生周回者だと考えれば納得がいく感じだった。

そんな人生周回者のような浅井くんから見れば、僕はずいぶんともどかしい大人で、だから浅井くんから教えられることも少なくなかった。

それから五年ほど経つが、当時のゼミ生たちとは今でも交流が続いている。現在二十五歳の浅井くんとは親子ほどの年の差があり、もともと先生と生徒の関係だったから、浅井くんは僕のことを「先生」と呼ぶ。だが、むしろ僕のほうが教わることも多く、僕は「先生」というアダ名の友人のような存在である。

学園祭で映画を撮ってから演じることに関心を持った日向くんはルックスもよかったので街でスカウトされ、一年間の芸能スクールを卒業した後、芸能プロダクシヨンに入った。現在は友人五人と「atto(6)scrawll（アトロクスクロールル）」というグループを作りユーチューブで映像作品を発表している。

ふんばる

パラレルワールドの自分が幸せなら、それでいい

時々、散歩の途中の分かれ道で踏んばっている犬を見るが、人間も分かれ道に立たされる。そのときには感じてなくても、後から、あのときが分かれ道だったと気づくこともある。

そんな分かれ道を思い返し、「もしもあのときこうしていたら～」というような「タラレバ」のその先をぼんやり考えるのが好きだ。正確には、好きだと言うより考えると気持ちが落ち着く。

正直言って、僕は人生の分岐点のあちこちで選択を誤ってしまったと思う。

もちろん、すべては選んできた自分の責任だ。選択肢のあみだくじの先で行き着くのが「ハズレ」だとは、その時点では思ってなかっただけのことだ。

僕は、その分岐点を振り返り、「タラレバ」でその地点に戻って、その先の別の人生を夢想する。そんな空想を、まるで現実のように考えるのだ。

後悔をしないように前を向いて生きていければ、精神的にも健全だと思う。

しかし「後悔しない○○」というようなタイトルの本がたくさん出版されていることや、タイムスリップの物語が多いことを考えても、後悔のない人は少なくないのだろう。

藤子・F・不二雄先生の『パラレル同窓会』という大好きな作品がある。人生の分岐点で発生したいくつものパラレルワールドを生きる大勢の自分たちが、一堂に集結した同窓会が描かれている。

その同窓会で、お互いが了解すれば、互いの世界を入れ換えることも可能という素晴らしき同窓会だ。

「パラレルワールド」のことを、「並行世界」とも言う。理論上では並行世界は存在するらしいが、本当だろうか？　もしも『パラレル同窓会』のように個人の分岐点の数だけ「並行世界」が存在すれば、それはもう天文学的な数の並行世界が存在することになるだろう。

しかし本当に並行世界が存在したとしても、自分の意識は「この世界の自分」にしかないから、並行世界の自分は、自分でありながら別人格の自分だということになる。

それでも、どこかの並行世界に幸せな自分が存在していると考えると、少しは気持ちがラクになる。そうやって僕は、やりきれない現在の精神のバランスを保っているように思う。

現実には「パラレル同窓会」から招待状が来ることはないだろう。それでも、現在の自分とは違う、でもリアルな日常の夢を見ることが稀にあるが、それはもしかしたら、並行世界の別の自分と意識がリンクしたときなのかも知れない……、というくらいの希望は残しておきたいと思う。

優柔不断は閉店するまで買うものを選べない

へいてん

子どもの頃から優柔不断で、いろんなことを決められなかった。小学四年生の頃、気前のいい親戚の家に遊びに行ったとき、そこの叔父さんに「好きなもの買うてこい！」と言って、五百円もらったときもそうだった。

親戚の家の近くにある駄菓子屋は、小さいながらもマンガもプラモデルもおもちゃも売っていた。僕はその五百円でプラモデルを買って帰ったのだが、その道すがら、「待てよ、プラモデルは組み立ててしもうたらおしまいやなぁ……」と、店に戻ってマンガに交換してもらった。

そしてまたその帰り道で「待てよ、マンガは読んでしもうたらおしまいやなぁ……」と、また店に戻り、今度はミニゲームに交換してもらった。そしてまた帰り道で、「待てよ、ゲームは飽きたらおしまいやなぁ……」と、また店に戻ってやっぱりマンガに交換してもらおうとすると、お店のおじさんに「面倒くさかねぇ！　五百円返すけん、もう二度と来んでくれ！」と怒られてしまった。

そういう優柔不断な性格はお店の人にも迷惑をかけるし自分も嫌だったので、大人になってから一人でお店に行くときは、できるだけ閉店間際に行くようになった。そうすると、必然的に迷う時間も閉店によって強制的に終了するからだ。それは変えられない自分の不自由な性格とつきあうための一つの選択肢だった。

思えば優柔不断で得をしたことは何一つない。最初はいくつかの選択肢がある状態でも、迷いに迷っているうちに選択肢はどんどん減っていき最終的には何も得ることができない……という最悪な結末もある。

そんなときは、閉店したお店の前で呆然と立ちつくして途方に暮れている気持ちになるのである。

本を読むときに映像が浮かびますか？

ほん

小説を読んでいるとき、断片的な実写映像やイラストが浮かぶことが多い。イラストが浮かぶ場合、そのタッチは決して自分のものではなくて、その物語のイメージに合わせて、色々なタッチに変わる。その本が挿し絵がある児童書だった場合は、その挿し絵と同じタッチで、描かれてない場面の絵も浮かんでくる。

自分の頭で映像やイラストを補完してしまっているから、かつて観た映画や読んだ漫画の印象的な場面を見返したときに、実はその場面は存在してなくて自分が頭の中で作った場面だったということも起きる。そう考えると読書の際の脳内イメージは、記憶にある映像の切り貼りのモンタージュで作られているのだろう。

ということを、この連載の担当編集者である中山氏に伝えると、中山氏は物語をイメージで展開していくのではなく、文章を文章として取り込み、自分の心に響く言葉を探求するような読み方をするのだそうだ。イメージが浮かぶことはあっても、それは具体的な映像ではなく、明度や陰影や質感のようなものだと言う。

これは意外だった。それで、他の人にも聞いてみることにした。

すると、映像は浮かぶが、それは物語に合わせたストーリー性のある展開ではなく、拾った単語のイメージが浮かんでは消え、また次の単語のイメージが浮かんでは消えていく繰り返しだという人もあれば、文字が言葉として本から立ち上がってくる感じ、という人もいて、まったく人それぞれなのだった。

僕は、みんな自分と同じように物語に合わせた具体的な映像が、ストーリー性を持って浮かんでくるものだと思っていた。

聞くまでもなくみんなも自分と同じだろうと思いがちなことでも、人それぞれ違うことがたくさんある。それは、読書のイメージに関してもそうなのだった。

第四章

まみむめも・やゆよ

——いろんなことに怖がっている

まつ【待つ】

まつように
しじされること

まて！

みられてる【見られてる】

あいてが・・・

むし【虫】

おじょうさんがキライないきもの

いや〜〜!ゴキブリ〜!!

カサコソ

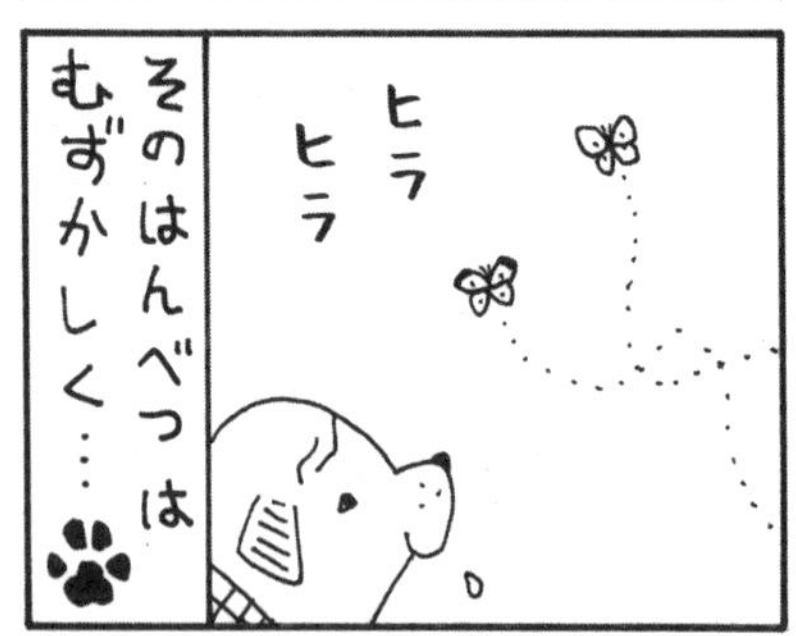

めがね【眼鏡】

ダンナのかおのいちぶ
メガネしらんか？
メガネみてないか？
みつからないの？
それだけに…
せんめんじょにありましたよ！
よし！
スチャ
ないとふあんになるらしい…

もう

「もう」はおわったこと…
もうロダンのおさんぽいった？

まだなのよ…
きょうバタバタしてて…
じゃあいってくるよ
ハッ
「まだ」はこれからおこること…

そしてやがて…

まだ・もう・もうになる
これからさんぽか？
ただいま
ううん！もういってきたよ！

やさしさ【優しさ】

くん くん くん くん くん くん
くん くん くん くん くん くん
くん くん くん くん くん くん
よし！ いこうか
ハッ
まってくれること

ゆき【雪】

そらから まいおらる
しろくて フワフワの
つめたいもの

ようかい【妖怪】

テレビのリモコンしらない？
みてないぞ
みてないわねぇ…
あらやだ！れいぞうこのなかにリモコン！
どうして？ワタシ!?
ふしぎなできごとやはっきりさせないほうがよいことの…
げんいんにすると
きっとようかいのしわざよ〜！
まるくおさまるそんざい
ワシもメガネをかくされる

まつ

僕らが思う以上に、犬は待っている

コンビニや銀行の前で、つながれて待っている犬をよく見かける。

この待ってる時間というのが、どうやら人間と犬では全然違うらしいのだ。

ベストセラーになった『ゾウの時間 ネズミの時間』の著書で知られる生物学者の本川達雄先生によると、哺乳類はどの動物でも一生のあいだに打つ総心拍数は決まっていて、体が小さいほど拍動の速度も速くなる。つまり、体が小さいほど物理的寿命は短くなるということだ。

それによると、犬は人間に比べて約四〜七倍（体のサイズによる）のスピードで時間が経過していることになる。つまり、同じ物理的時間を過ごしながら、感じている生理的時間は違うのである。

「お金下ろして来るから、ちょっと待ってて！」と言って銀行に入って、十五分で出てきたとしても、犬にとっては少なくとも一時間は待たされた計算になる。

相手が人間だったら「全然ちょっとじゃないよ、だったら言ってくれればカフェとか入ってたのに！」と文句を言われそうである。

そう考えると、Ｐ24の「おかえり」で描いたマンガのように、帰宅した家人を狂喜乱舞して喜ぶ犬たちの姿にもうなずける。

同じ物理的時間の中にいながら違う生理的時間を生きているということは、どう理解すればよいのかわからないくらい、とても不思議だ。だが、小さな動物たちから見た人間の動作は、おそらくスローモーションのようなのだろう。

待たされている犬たちの反応もみなそれぞれで、不安そうな犬もいれば、どっしり構えている犬もいるし、ワンワン鳴き続けている犬もいて、同じ物理的現象に対しても生理的反応は様々なのだ。

それは人間同士でもきっとそうで、物理的に同じものを見て同じ体験をしても生理的にそれぞれが違うように感じ、見え方も違ってくるのだろう。

そう考えると、この世の生きとし生けるものは、同じ世界の住民でありながら、まるで別々の世界を生きているのかも知れないと思うのだ。

みられてる

「僕を見て笑ってましたよね？」

僕には、視線恐怖症に悩まされた時期が長期間あった。

視線恐怖症というのは、他人の視線が異常に気になる神経症の一つで、最初に顕著に症状が表れたのは東京に出てきた十八歳の頃だった。その時は、他人が僕の顔を見て笑っているというふうに感じていた。

自分でそう思っているだけなら他人に迷惑はかからないが、僕の場合は、誰かが自分の顔を笑っていると感じたときに「僕の顔を見て笑ってらっしゃいましたよね？」と、直接その人に聞いてしまっていたのだ。

ほとんどというか、ほぼ全員がビックリして、否定したり、なかには励ましてくれる人もいた。

そして保健所に相談して心療内科を受診するに至った。そこで精神分析に興味を持つようになり、いろんな本を読んで自分なりに勉強した。おそらくは高校生の頃にイジメられていたことが「笑われている」と感じる原因になったのだろう。

その後、何年かしてそれを受け入れることによって「笑われている」という視線恐怖がなくなった。だが代わりに、今度は「万引き犯だと思われているのではないか？」という視線恐怖に悩まされることになった。そのときもまた、自分が疑われてると感じたときに、相手に「僕は万引きしたりしませんよ」とわざわざ話しかけていた。我ながら迷惑な話だと思う。

僕の場合は、もともと神経症的な性格なのだろう。その一つの種が、形を変えて人生のその時々に出てくる印象なのだ。

それは、中学一年生の頃に万引きと疑われ、お店の人に声をかけられたことが原因なのだと思っている。そのときは間違いだということがわかり、お店の人も謝ってくれた。だが謝られたからといって、疑われたときの嫌な気持ちは拭い去れず、それから二十年も経ってから、その恐怖が再発して悩まされることになった。

この辺りのことは、日本文芸社から出版された『ロダンのココロ いろはのきもちクリニック』に詳しく書いてある（現在は電子書籍のみ。その本を読んだ編集者の中山氏から声がかかり、今回の出版に結びついた。ご興味ありましたら読んでください）。

ある体験が、いつどんなふうに心に影響を与えるかは、人それぞれだ。同じ体験をしても大丈夫な人もいれば、そのときは平気でも、何年も経ってから心に影響が出てくる人もいる。

自分が大丈夫なことでも他人が大丈夫だとは限らない。そのことはいつも忘れないでいたいと思う。

まんが道の続きをまだ歩いている

中学一年生の頃、友人のYくんと「虫の友」に入会した。虫の友というのは、手塚治虫先生の九州のファンクラブだった。

Yくんとは、小学校と中学校が一緒で、中学一年生でクラスの同じ班になったことで急速に仲良くなった。二人とも手塚治虫先生を尊敬するマンガ少年で、将来の夢は漫画家だった。

ちょうどその頃「少年キング」で藤子不二雄Ⓐ先生の『まんが道』の連載が始まった。漠然と漫画家になりたいと思っていた僕らだったが、藤子不二雄Ⓐ先生の自伝的マンガ『まんが道』は、漫画家を目指す者にとっては道しるべとしても読める作品だった。

それに刺激を受けた僕らは、具体的に動き始めた。毎日カラーで四コママンガを最低一本は描いてくることを宿題にして、互いに見せ合ったり、小学館の新雑誌「マンガくん」の石ノ森章太郎先生の連載『まんが研究会』の一コマまんがコンテストに応募したりしていた。

しかしその後、Yくんとはクラスも別々になり、目指す方向もだんだん違っていった。高校では別々になり、その頃にはYくんはマンガではなくアニメーションに夢中になっていったし、僕もイラストや小説に夢中になって高校を卒業する頃には絵本作家になりたいと思っていた。

高校を卒業するとYくんは地元福岡のアニメーションの専門学校へ、僕は東京の絵本の専門学校に進学した。

その後Yくんは卒業した専門学校の講師になって、学校でアニメーションを監督して、メイドイン福岡初のアニメーション制作として新聞にも載った。しかし、四十歳の若さで病気で亡くなってしまった。

高校を卒業してからは、連絡を取り合うこともなかった。

高校の頃、些細なことでケンカして、そのまま疎遠になってしまったのだ。

それぞれ道はちょっとずつ違っていったけれど、最初は、二人で一緒に歩み始めた「まんが道」だった。

手塚治虫先生を神様のように尊敬し漫画家を目指す二人の少年（藤子不二雄先生）の姿に、当時僕らは、自分たちの姿を重ね合わせて読んでいた。そして、当時はまだ「藤子不二雄」先生名義で二人で描いていた頃だったから、僕らは二人で一つの封筒に手紙を入れて、藤子不二雄先生にファンレターを出したのだ。

驚いたことに、ちゃんとお返事をいただいたのだ。藤子不二雄先生のキャラクターがたくさん描かれたポストカードに両先生が別々に吹き出しを描き、肉筆のメッセージが添えられていた。

それからもう四十五年近く経つ。もうすでに霧がかって行き止まりのような雰囲気もある僕のまんが道だけど、もうちょっと歩いてみたいと思う。

めがね

「似合うよ」と言わないで

「内田くんにコンタクトレンズは似合わない！」と言われたことがある。

二十一歳の頃だった。現在の眼鏡は進化していて、レンズもフレームも軽いものを安価で買えるようになり、伊達（だて）眼鏡をかける人もいるほどオシャレなアイテムになったが、当時の眼鏡はまだまだレンズも厚くて重く、マイナスのイメージが強かった。

だから、眼鏡をかけていて彼女もいなかった僕は浅はかにも、コンタクトにすれば彼女ができるかも知れないと考えたのだった。なのに友人に「似合わない」と言われて非常にショックだった。素顔を否定されたようなものだ。だが、友人の指摘は正しく、コンタクトにしたことで彼女ができるということはなかった。

だったらこんなに手入れが面倒なもの（当時のコンタクトは、今よりずっと面倒だった）をする必要もないと、二年くらいでやめて眼鏡に戻った。

眼鏡をかけ始めたのは小学四年生の頃だった。視力検査で眼鏡が必要と診断されたのだ。初めて眼鏡をかけたときには、くっきりハッキリした世界に驚いた。僕は世界というものは、ぼんやりしてるものだと思っていたからだ。

当時、眼鏡を作ってもらったものの、かけるのが恥ずかしく学校ではなかなかかけられずにいた。

しかし、眼鏡をかけずに家に帰ると母親に叱られたので、毎日家に到着する直前に、近くの街路樹の茂みで眼鏡をかけて家に帰っていた。

そんなある日、茂みに隠れて眼鏡をかける僕に気がついた通りがかりのサラリーマンのお兄さん三人が、眼鏡をかけた僕に「似合うよ、ボク！」と言ったのだ。

恥ずかしさのあまり僕はボロボロ泣いてしまった。

またある日、学校で眼鏡をかける絶好のチャンスが訪れた。

その日は、技術・家庭の授業でみんなが本棚を作る授業だった。みんな、使いなれないノコギリやノミを使って懸命に本棚を作っていた。

このときもまた僕は浅はかで、このタイミングであればみんなに気づかれることなく眼鏡をかけることができると思った。みんな本棚に意識が集中してるから、眼鏡をかけた僕を見ても、以前からかけていたと思うに違いない、と。

そしてタイミングを見計らって眼鏡をかけた僕に、気がついた先生が手を叩いて微笑みながら「似合うわよ、内田くん！」と言ったのだ。するとみんな、作業の手を休め口々に「似合う！　似合う！」と言ったのだ。

みんな好意的に接してくれてるのはわかったが、このときもまた、涙がボロボロ止まらなかった。

もう眼鏡歴も五十年近くになってしまった。眼鏡をかけていないのに、うっかり眼鏡を外したり上げようとしてその指が空を切ったりするくらい、身体の一部になってしまっている。

だけど時々思うのは、小学四年生の眼鏡をかける前に見ていたぼんやりとした世界のことだ。世の中も、そんなふうにぼんやりとしているほうが生きやすいのではないか、と思うこともある。

もう
いつもみんな、僕だけを残して進んでいく

僕が「もう?」というと元カノは「いつもそう、ちゃんと言ってたよね!」と怒った。

それは、報告された現状に対して、「もうそうなったの?」と僕が言うときの「もう?」だ。

僕が知らないうちにいつも状況は進み変化している、その「もう」なのだ。

それがフラれた原因の根元なのだと今ならわかる。

僕は何人かの女性とつきあったが、思えばすべて同じ理由でフラれている、と思う。

つきあってから年月が経つにつれ、元カノたちは「生活」という階段を上り始める。これから先も二人で一緒にいるために必要なのは「生活」だからだ。それはわかっていた。

気がつくと、元カノは階段の上にのぼっていて、僕はつきあい始めた頃と同じ場所にずっといた。

「このままでいいの?」

というのは、何度も言われた。僕は良くも悪くもずっと出会った頃と同じだった。ずっと同じ気持ちで好きだった。だから別れるなんて思わなかった。

生活という階段の上にいて感覚が少しずつズレてきた元カノに、「でも、最初の頃は……」と出会った頃のことを僕が言うと、「あんなのは最初のうちだけなの！」と言われたものだ。

そして、元カノの心はだんだん離れていくのだった。

何冊も共著がある歌人の枡野浩一さんのエッセイ集のタイトルにもなっている名言に、「愛のことはもう仕方ない」という言葉がある。

そう、そうなってしまっては「仕方ない」と諦めざるを得ない「もう」もあるのだ。

やさしさ

小さな親切、大きなお世話

やさしさというのは難しい。自分がよかれと思ってした行動が裏目に出ることも少なくない。

十年ちょっと前、某牛丼チェーン店で無銭飲食扱いされたことがある。本来その店は食後にお金を払うシステムだったのだが、会計のためだけに店員さんを呼ぶのは店員さんの二度手間になるし合理的ではないと思っていた僕は、いつも牛丼が運ばれてきたときに支払いを済ませていた。

その日も同じように前払いをしておいて、食べて帰ろうとしたら、「お代をもらってませんけど！」と店長らしき女性に強い口調で言われた。

「前払いしましたよ」と言うと、その店長らしき女性は振り返り、「誰かもらった?」と他の店員さんに聞いたのだが、口をそろえてみんなが「もらってません」と言う。「いや、払いました」と言うと、「じゃあ、レシートありますよね!」と言われたが、犯人扱いされて気が動転して、ポケットをまさぐったのだがレシートは見当たらなかった。

「レシートありません……。もらわなかったのかも」と、その後も「払った」「もらってない」の問答を五分間くらい繰り返していたら、控え室のような所から出てきた店員さんが、「もらいました~!」と言って事なきを得た。

僕が前払いをした店員さんが、支払いが終わっていることを誰にも伝えずに休憩に入ってしまっていたのだ。

落ち着いて調べたら、レシートもちゃんとポケットに入っていた。

そのことを年上の友人に話したら「それは、内田くんが悪いよ!」と叱られた。「内田くんは、前払いで店員さんの手間を減らしてよいことをした気分になってたろうけど、マニュアルにないことをされると向こうは迷惑なんだよ」と……。

よく考えたら、まったくその通りだと思った。「小さな親切、大きなお世話」という言葉があるが、まさしくそういうことなのだろう。

僕にはもともとそういうところがあって、よかれと思ってしたことで、感謝されることもたまにはあるが、相手を不快にさせてしまうこともあった。結局、そういうときは、自分の価値観のみで動いてしまっていたのだ。

自分の価値観での思いやりは、本当の思いやりではないと気づけたのは五十歳を越えてからだ。そういう意味で、「親切」というのは本当に難しいと思う。

そういうことがあってから、よく行ってた某牛丼屋には気持ちが負けて行けなくなってしまっていた。友人に誘われて行ったのは、それから六年後だった。

「そんなことくらいで……、単なる間違いでしょ？」という友人もいたが、嫌な気持ちをなかなか拭い去ることができず、引きずってしまう性分なのだ。

もちろん今では、前払いをすることはない。そうすると不思議なもので、前払いをしていた頃は自分の他にも前払いをする人をたまに認識していたのに、今では前払いをしてる人を見ることがない。

そして、ふと思う。この十年ぐらいで世の中はより一層、日常生活において「余計なことはしない」という方向に向かっているのかも知れないと……。

しつけのための迷信に本気でおびえる

小学生の頃、布団から出られない寒い冬の朝に、「雪が積もっとるよ！」と母に騙され布団から飛び起きたことが何度もあった。それは、僕が学校に遅刻しないためのの嘘なのであるが、昔は子どもをしつけるための迷信のような嘘がたくさんあった。

例えば、「夜中に口笛を吹くと蛇が来るよ！」のような。

そして僕は落ち着きがない子どもだったから、駅のホームなどで母のまわりを落ち着きなくグルグル歩き回っていると「蛇になるよ！」だの、ホームの端から身を乗り出して電車が来るのを見てると「電車に吸い込まれるよ！」だのと言われていた。

幼い頃はそんな迷信や嘘もリアルに想像して、夜中に猛スピードで突進してくる蛇や、グルグル回っているうちに大蛇になってしまい、その後は一生蛇として生きなくてはならなくなってしまった自分の姿に恐れおののき、言うことを聞いていた。

「電車に吸い込まれるよ！」というのは、通過電車の風圧に巻き込まれる危険を注意してのことだったのかもしれないが、僕は文字通り電車の中に吸い込まれてしまうものだと思っていたから、通過電車に乗ってる人たちは電車に吸い込まれて一生を電車の中で過ごすのだろうと思って怖くて仕方がなかった。

また、僕は神経質な子どもだったので母は大変だったと思う。朝はパン食でインスタントコーヒーを飲んでいたのだが、インスタントコーヒーをお湯で溶いて混ぜると真ん中に白い泡粒ができる。神経質な僕が泡粒が不吉で飲めないと言うと、母は「これは、〝満(まん)が良い〟と言って縁起がいいんよ！」などと、母は僕のためにオリジナルの迷信を考えていたようだった。

神経質なのは年齢を重ねるほど顕著になっていって、高校生の頃などは一日に何度も何度も手を洗っていて、手には脂分がなくなり白くカサカサだった。

家族の中で神経質なのは僕だけだったので、そんな僕を見て、昭和十年生まれの父は「なんで、お前はそげんなったとかねぇ？　男はくさ、性根ば据えてどっしり構えとかんとつまらんぞ！」と、博多弁で説教した。

僕の父は、厳しかったけど優しくもあった。獣医になりたかった父は、時々どこからか傷ついた動物を見つけてきては看病して元に帰したりしていた。『シロと歩けば』の「お父さん」と「お母さん」は、そのまま父母がモデルだった。

絵本作家になりたいなどと雲をつかむようなことを言う僕を、父は「東京は、生き馬の目を抜くとこぞ！　しっかりやれよ！」と送り出してくれたのであるが、専門学校の所在地が〝高田馬場〟だったので、僕は幼い頃のように「生き馬の目を抜く」リアルな想像をしてしまい、戦々恐々とした上京となった。

ようかい
妖怪は、この世に実在している

一九九四年頃『学校のコワイうわさ　花子さんがきた!!』（竹書房）という児童書の仕事をした。

バブル崩壊は一九九一年だけれど、体感的にはバブルは弾けてジワジワ消えていく感じで、その後十年間ぐらいはまだまだジワジワと景気もよかった。そんな時代の中で『学校のコワイうわさ 花子さんがきた!!』はフジテレビの朝の子ども向け番組「ポンキッキーズ」とのタイアップで、番組内アニメーションになった。原作者は森京詞姫さんで、妖怪のキャラクター設定や児童書の挿し絵は出版元である竹書房の四コマ雑誌に連載していた漫画家が八人で担当した。

僕がキャラクター設定をした中でも『怪人トンカラトン』と『さっちゃんのうわさ』は三十年経った今でもSNSで語られることも多い。

『さっちゃんのうわさ』は、さっちゃんの噂話を聞いてしまった人は、バナナの絵を枕元に置いて寝なければ、夜中にさっちゃんに手足をちょん切られる、という恐ろしい話だった。

「『さっちゃんのうわさ』のおかげで今でも布団から足を出して眠れません」と言われたことも何度かある。現実にそういう行動をとっている人がいると聞くと、まるで「さっちゃん」が実在しているみたいではないかと思ってしまう。

ネットには事実や真実もあれば嘘やデマもある。でもそれらを信じて実際に何かしらの行動を起こしたのだとしたら、それは実在していなくても実在してることと同じではないのだろうか？　それは想像力のなす術だろう。

頭がよいとか悪いとかの問題にされると、だったら頭がよいとか悪いってどういうことなの?って話になってしまう。僕はやはり、「想像力」の問題だと思っている。

想像力が、僕たちに実際に行動を起こさせることで、色々なものが実在していく。もし多くの人が、自己中心的な想像力だけではなく、他人に対しても想像力を働かせることができれば、きっと世の中はもっと住みやすくなるだろうと思う。

そう……、大切なのはイマジンなのだ！

第五章

らりるれろ・わをん

——いつだって、言葉はおもしろい

らく【楽】

らくは なんにも しないこと

ポカポカ

けれど たのしいは

りふじん【理不尽】

るすばん【留守番】

るすのばんをすること

シロくん！るすばんたのむな!!

ただそれだけのことなのだが…
フンッ

あふれるやるきがからまわりして

たのまれた！
おとうさんにたのまれた
るすばん るすばん
えらいとおもわれたい…
るすばんするぞうっ！
すごいとおもわれたい‥

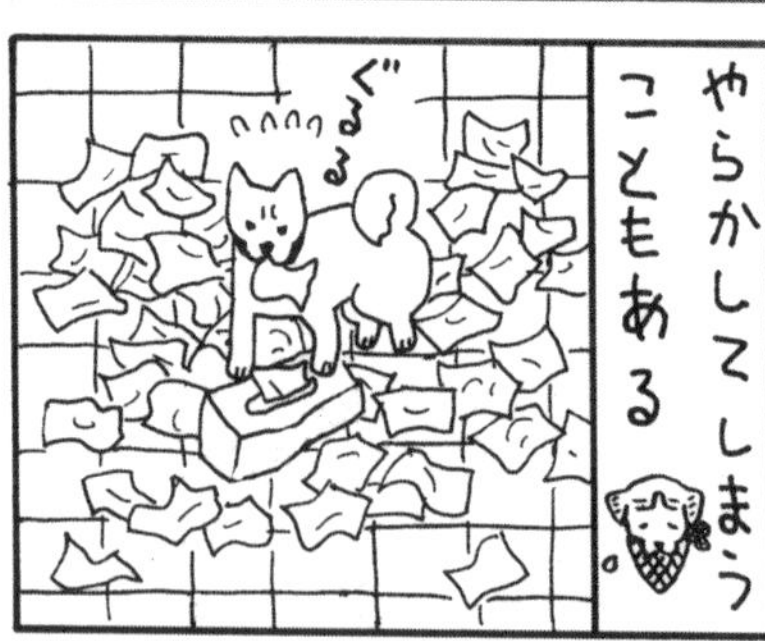

やらかしてしまうこともある
ぐるぐる

れいんこーと【レインコート】

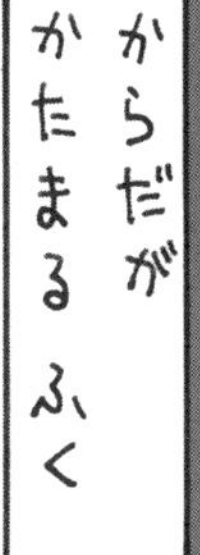

ろだん【ロダン】

ワシのなまえ

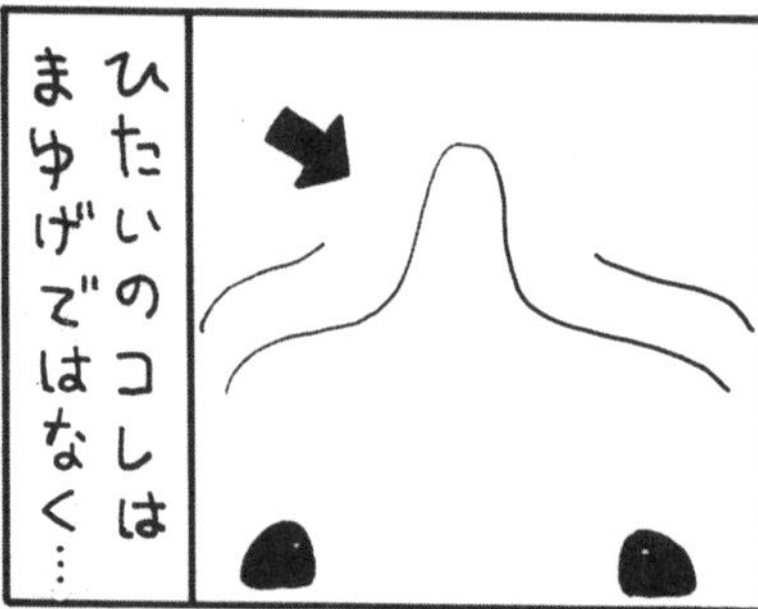

わすれる【忘れる】

わすれたがわは
わすれても…

フン

わすれられたがわは
わすれない…

をて【お手】

をて！

てを
さしだすこと

ダンナは・・・

こうたい
パチ
ごうたい
パチ

ん〜？

ぎもんをあらわす
うなりごえ
このアプリどうやるんだっけ？
ん!?

ん〜〜!?
とうろくしないとダメみたい

ちょっとまって! ロダン
ん〜〜!?

くつひもがほどけちゃった
「ん〜〜!?」はヒトもイヌもおなじようだ

らく

言葉の種はまいておいたほうがいい

高校を卒業し、絵本作家を目指して上京し、十八歳で入学した絵本の専門学校で、一番最初の授業で言われたことを今でも覚えている。

「あなた方は自分の好きな〝絵本〟を選んで、この学校に入学したわけです。いわば『楽しい』を選んだんです。だからこれからは決して『楽（らく）』を選んではいけません！」

その言葉は、ロングセラー絵本『ねずみくんのチョッキ』の作者、なかえよしを先生の言葉だった。

専門学校の専任講師には、『しろくまちゃんのほっとけーき』など、こぐまちゃんシリーズのわかやまけん先生や、わだよしおみ先生、金子みすゞを発掘した童話作家の矢崎節夫先生もいて、贅沢な学校だった。

きっとその言葉は、なかえ先生ご自身の経験から生まれた言葉なのだろう。十八歳の頃に聞いたその言葉は、正直そのときはよくわからなかったが、経験を重ねるとともに、胸にひしひしと伝わってくる言葉だった。

言葉というのはそんなふうに、聞いたときにはピンとこなくても、それから何年も経ったある日突然、「あのときのあの言葉は、こういうことだったのか！」とジグソーパズルの最後のピースがパチッとはまるように、頭の中で完成することがある。そうやって経験をともなって理解した言葉は、自分のものにもなる。

だから、大切な相手には「今、こういうことを言っても理解してもらえないだろう……」などと躊躇せずに、大切な言葉を伝えておくのがいい。相手が子どもでそのときは理解できなくても、いつかきっと心の中で開花するときが来るだろう。

そういう意味で、言葉は種のようだと思う。

だけどそれは言葉だけではなくて、映画や音楽や文学などの表現もそうだ。初め観たときわからなかった映画のワンシーンを、ある日突然思い出して理解できたりすることも少なくない。

自分の作品も、そんなふうにいつか誰かの心の中で花開いたなら嬉しい。誰かに何かを伝えようと表現をする人たちはみな、「種まく人」なのかも知れない。

りふじん

理不尽を教えてくれた駄菓子屋さん

僕が子どもの頃は、駄菓子屋さんがあちこちにあった。そんな駄菓子屋で学んだのは、世の中には「理不尽なことがある」ということだった。

あれは、忘れもしない幼稚園児の頃、近くの駄菓子屋さんで『ウルトラセブン』

の「ウルトラホーク1号」のプラモデルを買ったときだった。駄菓子屋さんには駄菓子の他にも安価な玩具やプラモデルも売っていたのだ。家に帰って組み立てようと箱を開けると、ミサイルが飛び出すために必要なバネが入っていなかった。僕はすぐに駄菓子屋さんにプラモデルを持って行ってそのことを告げた、

「知らんよ！　どうせアンタが失くしたっちゃろうもん！」

といって相手にもしてくれなかったのだ。僕はその場で固まってしまったのを覚えている。

また別の駄菓子屋さんでは、店先に、お菓子をすくい上げるクレーンゲームがあった。十円玉で三分間くらい動くのだが、ある日、間違えて百円玉を入れてしまったのだ。昔の簡単な造りのゲームだから、それでも普通に動き始めた。僕は慌てて、お店のおじさんに間違えて百円玉を入れたことを言ったのだが、

「そんなこたぁ、ワシャ知らんよ！」

と言われておしまいだった。そのときの僕は「だったらせめて百円分動きますよ

うに……」と願ったが、願いもむなしく、やっぱりいつものように十円分しか動かなかった。

他にも様々な理不尽な出来事はあり、そのたびに僕は子どもながらに不思議に思った。駄菓子屋さんって子どもが好きで始めたんじゃないの？　だのにまるで子どもが嫌いみたいなのは何故なの？　と……。しかし大人になって振り返り考えると、子どもが好きで始めたとしても、あまりにも自分勝手な子どもたちに振り回され疲れ果てて、そんなふうに理不尽になってしまったのかも知れないと思う。

しかし理不尽と感じていても、駄菓子屋さんはワクワクがたくさん詰まった最も身近なドリームランドだったので、足が遠のくようなことはなかった。

駄菓子屋さんで学んだ「理不尽」については、子どもでも大人でも、昔も今も世の中にたくさんあって、あんまり変わらない。

僕のデビュー作『シロと歩けば』では、シロを通してそんな理不尽な思いもたくさん描いてある。

るすばん

留守番のときに本気で「番人」をしていた話

子どもの頃、「留守番」というと、ただ家にいるのではなく、本当に留守の番をしなければならないという使命感に駆られた。夜になると、僕はバットを持って家中を見回った。

子どもの頃は、両親が勤める建築材料を扱う会社の社宅に家族で住んでいた。一階に会社の事務所とトイレとお風呂があり、二階が居住スペースになっていた。

一階に降りて、事務所やトイレやお風呂の扉を開けると同時にバットを振り下ろしながら見回った。

お風呂場に至っては、湯船や洗濯機の中まで確認した。そうして一階をすべて見回り終わる頃には、自分が一階にいるあいだに二階から誰かが侵入したかも知れないと思い、差し足抜き足忍び足で二階に上がり、やっぱりバットを振り下ろしながら部屋を見回るのであった。

外気との温度差で家が「ミシッ!」と音を立てたりすると、もう一度最初からそれを繰り返さなければならなかった。

落ち着かないのは家の留守番のためだけでなく、出かけた家族が無事に帰って来るかどうかを心配し過ぎて、まったく気が休まらない。

もともと神経質な性格で、子どもの頃から強迫性障害的な面を持っていたのだと思う。強迫性障害とは、わかりやすく言うと強度の心配性で、なおかつその心配のもとを、それこそ使命感を持って確認したり実行したりすることだ。

留守番にはいろいろな心配事の要素が詰まっている。それに一人だから、誰にも邪魔されずに存分に心配し放題で、強迫性障害の者にとっては全部盛りみたいなイベントであった。

僕がつきあった彼女たちは、僕のそういう強迫性障害的な一面を最初はすごく心配してくれて、話も丁寧に聞いてくれたのであるが、つき合いが長くなるとそのうち「それはもう、趣味でしょ！」と言われるようになった。ひどいと思いながらも、たしかにそうかも知れないと思うところもあり、またそう言われると、不思議なもので少し気持ちが軽くなったのである。

そこにあったのは、ユーモアだと思う。ユーモアは辛い気持ちを救うものだと思っている。

一人暮らしで彼女もいない今の僕の状態は、いわば常に「留守番」状態で、色々心配し放題なので困っている。だけどこうしてユーモアの視点を持って自分を省みると少しは気持ちも楽になるのである。

レインコート

「レイン！　オー、イエス！」

レインコートと言えば、イギリスに旅行したときに「レイン」と呟いたときのことを思い出す。

朝日新聞で『ロダンのココロ』を連載していた頃、紙面のイギリス特集で取材旅行に行かせてもらったことがある。そのとき、朝日新聞の記者やカメラマンや通訳の方々とワゴン車で移動したのだが、その運転手さんが現地の男性だった。年の頃なら今の僕と同じ五十代後半だったと思う。大柄で白髪のサービス精神あふれるマイケルさんというおじさんだった。

カフェで休憩するときには手品を見せてくれたり、みんなが記念写真を撮るときにも、英語を話せない僕にもわかるような簡単なジョークを言って僕らを楽しませてくれた。

僕もそんなマイケルさんとコミュニケーションを取りたいと思い、英語を話せないながらも知ってる英単語を並べて話しかけてみるのだが、マイケルさんはいつも困ったような顔をするだけで、全然通じてない様子だった。

ところが、コッツウォルズの町を歩いていたときのこと、急に雨が降ってきて、僕とマイケルさんは街角の建物の軒先に雨宿りをしようと駆け込んだ。そして僕が「レイン」と呟くと、マイケルさんは感激したように僕の背中を何度も叩きながら、「オー、イエス！　レイン、イエス！」と叫んだのである。

その様子は、子どもの頃に観たヘレン・ケラーを題材にした舞台で、「ウォーター」と言ったヘレン・ケラーに感激するサリバン先生のようだった。

今までも英単語をいくつも口にしていたのに……と思ったが、おそらくまったく英語になってない発音だったのだろう。唯一、「レイン」だけがちゃんと発音できたのだ。

そんな体験をした数年後、海外からの旅行者らしき方に駅のホームで声をかけられた。その旅行者らしき方は、まるでレコード盤を手でゆっくり回してるような発音で何やら日本語の単語を口にしているのはわかるのだが、残念なことに言葉にはなっていなかった。そのときの僕は、いつかのマイケルさんのように困った顔をしていたに違いない。

するとその方は誰かに書いてもらったのであろう紙片を取り出して見せてきた。そこにはきれいな文字の日本語で、一つの駅名が書いてあり、身振り手振りから、どこのホームに来る電車に乗ればよいのか聞いているのがわかった。

僕はイギリスで、マイケルさんにこんなふうに話しかけていたんだと思い返した。僕の「レイン」に対して感激してくれたマイケルさんを思い出しながら、数年かかって当時のマイケルさんの気持ちを実感することになった。

ロダン

常識の上にいてもいなくても、可笑しい

「ロダン」という言葉を聞いて、多くの人はオーギュスト・ロダンが制作したブロンズ像『考える人』を連想するだろうと思った。それで、朝日新聞で犬が主役の哲学的なマンガを描くことになったとき、犬の名前をロダンにして『ロダンのココロ』というタイトルをつけた。そうすれば、タイトルで「考える犬の気持ちのマンガ」ということが伝わると思ったからだ。

僕が『ロダンのココロ』で描きたかったのは、人間の可笑しさだった。

人間は各々（おのおの）の社会の中の常識の上で生きている。国が違えば常識も変わるけれど、それでも人間は自分の属している社会の常識の上で生きているのだ。

当たり前が当たり前でない人を可笑しいと感じることは多いが、当たり前を当たり前だと信じて疑わない人も、実は可笑しい。その当たり前を、当たり前から外れ

た視点で見ると、ときにそれはとても滑稽で面白い。
そこには、常識の中にいてはわからない発見がある。そして、その発見こそが哲学だと思った。人間の暮らしを外側から見る観察者が「考える犬」ロダンだった。

と、こういうふうに書くと僕が常識を熟知し備えたうえで、そこから自分を切り離して世の中を見ようとする賢い人のように思われるかも知れない。が、実は全然そうではなくて、僕は常識的に生きているつもりでいるのに、世の中の常識から外れてしまっていることが多い困った人なのだった。
だから、僕の言動で「えっ？」と思われることも多かったし、人の言動にも「えっ？」と思うことも多かった。過去形で書いてるのは、若い頃に比べると随分マシになったと思ってるからだ。

常識から外れてしまっていることについて、目上の友人から指摘されることもあったけれど、やっぱり元カノたちから教わったことが一番多かった。考えてみれば、彼女からすれば、自分のつきあっている相手が「困った人」では困るから、より一層切実だったのだろう。

生きづらさというのは、常識の上に成り立ってる社会と、常識から外れてしまっている自分とのあいだに起こる現象だ。しかし常識から外れてしまった場所からしか見えない景色もある。ロダンの視点は、実はそんな僕自身の視点であり、それが『ロダンのココロ』の原点だった。

わすれる

網棚に原稿を置き忘れて降りたことが二回もある

歯を磨こうとすると歯磨き粉が切れてて、明日買ってこようと思いながら忘れて、次の日もその次の日も……、ということがよくある。洗剤や石けんやトイレットペーパー、ティッシュもそうだ。また、ポストに投函しようとカバンに入れた葉書や封筒をそのまま持って帰ってきてしまうこともよくある。

それを人に話すと、多くの人が自分もそうだと言う。最近知ったことなのだけど、そういうものを「短期記憶」と言うらしい。一九五六年の心理学者のジョージ・ミラー教授によると、短期記憶は短時間のみ保持される記憶だそうだ。

そして近年、二〇〇一年の心理学者ネルソン・コーワン教授が「マジカルナンバー4」という法則を発表した。それによると、人間が短期記憶で保持できる情報の数には限りがあって、4±1（3〜5）つの情報しか記憶できないという。

なるほど、電車の網棚に置いた荷物を忘れて降りるのもそのせいだ。

網棚に原稿を置き忘れて降りたことが二回もある。幸い原稿は戻ってきたが、それ以来、どうしても網棚に荷物を載せる場合は、小さなメモ用紙に「網棚」と書いた紙を膝の上のカバンに置いている。バカみたいだけど仕方がない。

忘れてはならないことを忘れてしまうかと思うと、忘れてしまいたいのに忘れられないこともたくさんあって、思い出したくないことをわざわざ思い出して悲しい気持ちになったりすることもある。記憶をおもちゃのブロックのように自由に取り外しできればよいと思う。

そして、記憶というのは嘘をつく。

過去の出来事を思い出したときに、そこに自分の姿が映っていたとしたら、それは脳内で作られた映像だろう。本来の記憶そのものであれば、自分の視点による映像のはずだ。

また感情の変化によって記憶の真実まで変わってしまうこともある。「言った、言わない」もどちらかが嘘をついてる訳ではなく、ひとつの事実に対して、各々の真実の記憶が異なってしまっているのだ。

記憶というのは本当にやっかいなものである。

昔は金持ちでも、今が貧乏なら貧乏なのだ

『ロダンのココロ』で、ダンナが詰碁（詰将棋の囲碁版）をしているマンガを描いたことがある。

ロダンがやって来て、碁盤を挟んでダンナの向かいに座る。ダンナは「雰囲気が出る」と喜び、ロダンは（自分はいつも見ていて知ってるから）と、ダンナが碁石を打つたびに碁盤に「おて」をする。ダンナは驚くが、ロダンは（これは交代交代におてをする遊び）だと思っているという話だ。

そのマンガが載った紙面を見た哲学者の永井均先生が、これから出版する本にそのマンガを引用掲載したいとの依頼があった。

『ロダンのココロ』は、朝日新聞の記者の鈴木繁さんから「動物を主人公にした哲学的なマンガ」という依頼で描いていたので、それが「ちゃんと伝わっているのだ」と、鈴木繁さんと喜び合った。

その後、その本の担当編集者だった横川浩子さんが、僕がイラストや挿し絵の仕事もしていることを知って、永井先生の本の挿し絵も描かせてもらうことになった。その本が、児童書としての哲学書『子どものための哲学対話』（講談社）だった。

哲学とは、誰もが一瞬ふと頭をよぎるけれど、日々の暮らしの中でかき消されてしまうものを拾い上げ、探求していくものだと僕は思っている。

例えば、僕は、数年前から「今」というのをとても不思議に感じていた。「昔」どんなに大金持ちでも「今」貧乏ならば貧乏で、「昔」恋人がいて幸せでも「今」独りで寂しければ寂しい、というのがとても不思議だった。そして「今」は刻々と進んでいき、必ず最先端こそが「今」なのだ。そして「今」は、宇宙も含めてすべてのものに平等に訪れているという不思議。

当たり前と言ってしまえば当たり前のことだけれど、そういうことを探求していくことが哲学だと思っている。

そして『子どものための哲学対話』から、二十四年後の二〇二一年末に明石書店より出版された現代哲学ラボ・シリーズ『〈私〉をめぐる対決』（永井均著・森岡正博著）の中で、永井均先生が「今」について深く掘り下げている。担当編集者の柴村登治さんが『子どものための哲学対話』を読んで、その本の挿し絵を依頼してくださったのだ。

そんなふうに何かひとつの仕事が繋がっていくのは嬉しい。そういう時は過去の積み重ねの上に「今」があると実感するのである。

ん〜？

サンデーモーニングが気になって仕方ない

留学生のアートの授業を受け持っていたことがある。そのとき、卒業制作にかるたを作ってもらった。

テーマは「日本に来て、びっくりしたとき」。

そのかるたの【ん】の一枚に、

「『ん〜？』という日本語がわからなかったとき」

と書いた生徒がいた。日本でとてもよく耳にするけど、日本語学校でも教わらなかった日本語だったとのことだった。

思えば僕も、イギリスに旅行したときに聞いた不思議な言葉があった。

セルフサービスのホテルの朝食で、外国のおじいさんがコーンフレークを床にぶちまけて、「サンデーモーニング！ サンデーモーニング！」と半ば笑いながら拾い集めていたのだ。

その日は日曜日ではなかったから、不思議だった。何か慣用句のようなものかと思い辞書を引いてみたけど、「日曜日の朝」としか載ってなかった。


そしてその後、映画の中で「サンデーモーニング」に出会ったのだ。それは『ローカル・ヒーロー』というイギリスの映画だった。登場人物の一人が、うっかりミスをして「サンデーモーニング！」と言ったのだ。

それですべて合点がいった。ネットを検索しても何処にも記述はなかったし、事実を確認できたわけではないが、「日曜日の朝＝寝ぼけている」という慣用句に違いないと思った。

聞いたのもイギリスで、映画もイギリスだったことを考えると、イギリス英語の慣用句の一つだと確信している。

内田かずひろ【うちだ・かずひろ】

1964年、福岡県出身。マンガ家、絵本作家。マンガ『ロダンのココロ』（朝日文庫）、絵本『シロのきもち』（あかね書房）、『みんなわんわん』（好学社）など。

ロダンのココロ国語辞典（こくごじてん）
と、言葉（ことば）をめぐる僕（ぼく）の視点（してん）

2024年4月1日　第1刷発行

著　　者　内田（うちだ）かずひろ
発 行 者　佐藤 靖
発 行 所　大和（だいわ）書房
東京都文京区関口1-33-4
電話　03-3203-4511

装　　丁　大原由衣
本文デザイン・DTP　マーリンクレイン
校　　正　鷗来堂
編　　集　中山淳也
本 文 印 刷　厚徳社
カバー印刷　歩プロセス
製 本 所　小泉製本

ISBN978-4-479-39424-2

https://www.daiwashobo.co.jp